停在最好的时光里

潘晓婷 著

时代出版传媒股份有限公司
北京时代华文书局

自序

青春，
背后

从来不变的是时光，一直在改变的是我们。念念不忘，是因为我们把一个个自己留在了一片片时光里。

在雨水裹着栀子花香的季节里，我看见自己突然很伤感，也突然很甜蜜。青春里，每个人开始觉醒，开始迷茫，开始孤独，也开始用力追寻。

在牙膏泡沫散落的清晨，我凝视着过往和自己。狗吠、虫鸣、星光，遇见的、留下的、远去的，一路好像在远行，又好像在归来。不论是远行，还是归来，都不过是我要成为更好的自己。

很多人认为，我能走到今天，是因为有一位强大的父亲。这是事实，如同春天站在秋天前面。但这只是事实的一部分，不为大家知道的另一部分是，有一个站在我和我爸背后默默包容我们的"小老太"——我妈。

在我眼里，她是一位伟大的母亲和妻子。她一直心甘情愿站在被我们挡住的世界里，一如她不爱出镜，一让她出镜便说："哎呀，我脸这么大，也没你爸会讲话，让你爸去吧。"她就是这样，把自己打发在我们从起床前到睡觉后的各种事件里，把自己置于无边的生活里。时光从哪儿开始，生活便从哪儿开始。

很多人知道，是我爸领着我走上台球之路的。但很多人不知道，世界上居然有我妈这样的女性，她能做到毫无怨言地支持她的丈夫做她认为不靠谱的事情。

年轻的时候，只要是玩的东西，我爸都通通精通。尽管没耽误工作，但说实话，他花在家里的时间和精力很少，家里的电闸、灯、水管、煤气坏了，全都是我妈去修。

而我妈恰恰不是女汉子。结婚前，她是家里最小的女儿。她上面的姐姐，我三姨，比我妈大五岁。我妈从小连衣服都没洗过，饭也没做过。跟我爸结婚后，衣服自己洗了，饭也自己做了，什么都自己动手，而且做得很好。

其实，她也受不了我爸连油瓶倒了都不扶，但她一直包容他的不靠谱，包容他有那么多爱好，包括让我打球。

她用包容去面对相爱以后的现实岁月，用柔软改变我们三个人的生活。

当初我爸决定让我打球时，我妈是不同意的。她在我们毫无准备的情况下，分开来做思想工作。

她先套好词，拉我过去谈话。她说，是不是你爸逼你打球的？现在就咱娘俩，你跟我说实话，是不是真的喜欢打球？你知道吗，这条路是没有任何前景的。你爸这么冲动，这么喜欢玩，你可不能和他一样啊。你这么喜欢美术，怎么能轻易放弃呢？只要喜欢，咱们可以找老师继续学！

跟我谈完，又把我爸拉到房间一顿谈。最后，还是没办法。

但是，她忍住了，接受了，在不能改变时全力支持。她像魔术师一样，把对我们的包容变成了习惯，变成了无处不在的爱。

后来，我才明白，就是这份爱，让你即使一无所有、一败涂地也有最后的依靠，让你历经失落与挫折还会去相信，让你就算咬着牙也要做个像自己的人。

它让时光留得住，春去春又回。

我妈之前没什么业余爱好，她把自己所有的精力都放在家庭上。印象中，我小时候她总是在给我们织毛衣，晚上边聊天边织毛衣，白天去上班。

如果我以后成为别人的妻子，肯定没我妈做得好。

现在，我妈的快乐首先是我。只要我回家，她就会陪着她的乖女儿。我出去比赛不在家的时候，她会找几个麻将搭子，打打麻将，这是近几年她才开始的活动。打着打着，她会忍不住给我发条带表情的微信。

她的另一个快乐是小狗。有时朋友跟我谈心，担心爸妈退休在家，没什么乐趣。我妈会说，养狗啊，养狗有很多乐趣。

当然，她的快乐里，还有一个走南闯北的男人。

我写这本书的目的，是让自己面对被自己忽略的自己，让青春面对被青春遮住的青春，让自己看见在近处的远方和在远方的近处，让大家知道更多不为人知的我，知道更多不为人知的生活与可能。

我表面上很严肃，不苟言笑，冷冰冰，其实不是这样。我一袭黑衣握着球杆，看起来很成熟，内心很强大，其实不是这样。我好像走得很顺利，一个小女孩随随便便就成为世界冠军，其实不是这样。

没有人能随随便便成长，没有人能随随便便快乐，没有人能随随便便美丽，没有人能随随便成为自己。

这个世界，永远都有背后。那些无法轻易看见的、讲述的、模仿的，才是最重要的。知道背后，才懂得敬畏将来，知道本色，才不失去本心。

那些孤单、伤感、脆弱、不容易，那些小小的变化就会完全改变一生的蝴蝶效应，是青春的背后。你只要放弃过、错过一步，就到不了你的今天。如果你的今天是遗憾，你会多追悔莫及。如果你的今天是你所要的，你是一个多幸运的人。因为，即使重来一遍，你也不一定能做到今天。你曾经和现在走的每一步都很重要。

那些飘在窗里与窗外、叶子与叶子、雨点与雨点、云与天之间的自在、纯净、感动，那些自始至终支撑你忍过一切的美好，也是青春的背后。如果没有美好，你要把你的心放在哪里？把你的爱放在哪里？把你的明天放在哪里？

当我想象明天的时候，它如云朵在天空中漂流，如湖水在草地上舒展，如月光在树影里栖息，安静，别致，柔软，让我突然想流泪，也突然甜进心里。

明天，我也许还会承受各种纠结，也许还会看很多韩剧，也许还会哭得稀里哗啦，也许还是逆转王，也许真的做到了放下，也许成为来自星星的晓婷。

　　昨天、今天和明天都从时光里走过，一切都是必经。你在孤独迷茫中独一无二，你在怀疑自己中成为自己，你在青春里留下青春。总有一天，你会对着时光微笑。

如此，青春安好。

1

青春
都去哪儿了

2

遇见

3

原来
这也是你

4

一切都是
最好的安排

__ Xiaoting __
P a n

你只不过，遇见了，执着了，
感受了，负担了，经过了，想念了，
然后用它们在自己的心里，
搭建起属于自己的时光城堡。

1

青春
都去哪儿了

我的青春
一杆收

1997 年，三岁以来我用色彩一笔一笔追寻十二年的世界，被一纸美院落榜通知书关上了厚重的大门。梦想被远方割断，我一个人孤单地站在世界之外，再多的泪水也挡不住那么深的伤心、绝望、不甘和恐惧……

那是我青春的开始。

我的青春里，有脆弱。一个撑住十二年时光的梦想突然坍塌，我要憋着，还要寻找新的天空，从那时起，担心和焦虑常常在梦中刺醒我。我倾力展翅的天空，会不会有一天又突然碎裂？

我的青春里，有无助。一个女孩选择了那个年代没有人走过的路，没有人认为那是一条走得通的路，没有人认为那是一条光亮的路，没有人知道那条路要怎么走，我一个人在一个时代里独行。

我的青春里，有孤单。每天练球八到十二个小时，冬天的地下室是冰的天地，夏天的地下室是汗的河流。没有周末，没有季节，只有一年一年、一天一天、一次一次出杆。心被关在了地下室，色彩被挡在了门外，我不能像同龄姑娘一样不顾一切地嬉闹，也没有姹紫嫣红的必要。我不知道未来会怎样，不知道等待会有多长，更不知道有另一个晓婷在将来等我。

我的青春里，有迷茫。爸爸带着我四处学艺，天涯奔波，并不是每一次付出都有收获，并不是每一次挣扎都不摔倒，并不是每一次比赛都能获胜。在没有光亮的等待里，我唯一能做的就是低下头并握紧球杆。

然而，也只有我的青春里，才有我自己，才有我一杆一杆找回来的信心，一杆一杆画出来的天空。

当青春过大半，我突然觉得因为打球，之前的时光里有好多空白，仿佛是向别人借过来的，现在才开始有正常人走过的青春路。

既然如此，那就赶紧恶补吧。

我想过学生一样的生活，去年参加上海交大的第一堂课，发了一条微博，然后很多人说：哇，晓婷原来是我们学妹，是 2013 级的啊。其实我是 2010 级的，硬憋住了没说。今年重新回到上海交大上课，每天我都早早起床，上课上到脊椎旧伤发作。

我也一直把自己当小孩，不管是穿衣打扮，还是心态。很多时候，朋友都说，你好像越来越小了。相反在小的时候，我总是把自己打扮得很成熟。

我妈有时就受不了："你能不能别像小孩一样，你能不能干点你这个年纪该干的事。"

我就吐吐舌头："我这样，你多有成就感啊，显着你年轻呗。你带着女儿出去，女儿像是十几岁，你看着像三十几岁，多骄傲！"

有时，我会感慨，青春都去哪儿了？

其实，每个人的青春，都去了每个人的地方，每个人的青春，都是一个完完整整的青春。

那里，有一种纯净，不用名马名车，不用名衣名包，不用名来名去，一个马尾，一个浅笑，足以让世界怦然心动。

那里，有一种决绝，因为一个人、一件事、一个梦、一个念头，可以抵死相拼、片甲不留。

那里，有一种遗憾，让你一辈子记住，一辈子怀念，一辈子想而不见。没有遗憾的日子，不值得一过。

青春，从未走远，此去经年，无论你走了多远，当回忆卷起珠帘，你会感叹：原来你还在这里啊。

时光不老，我们不散。

一边相遇，
一边远方

天边，最后一片雪花飘落，冬天收起行囊，忧伤远去。绵延的坚冰清脆的破裂之声，惊醒了梦的边缘的土地。光滑的鱼儿从深水中浮鳍，像飞鸟飞向远空。

当这些自然的音符一起和鸣时，双鱼座 A 型血的我，便站在这里。

有些痛、有些苦、有些涩，只有双鱼座如此刻骨铭心，有些爱、有些好、有些誓言，只有双鱼座如此念念于心。

一边是纤细的敏感、莫名的惆怅、沉重的压迫，一边是透明的纯净、柔软的纤细、自在的幻想，左左右右、右右左左的纠结，只有双鱼座那么清晰。

某年某月的某一天，我觉得很"心"苦，为什么我总会想很多。

想自己很多，不是想自己多好，而是想自己多不好。想别人很多，不是想别人多不好，而是担心自己伤到别人。想事情很多，不像很多人那样事情过去就过去了，我要花很多时间才能在心里融解。

我不善于制造矛盾，也不善于化解矛盾。遇到矛盾，我会纠结很久很久、解释很久很久，如果对方还是不领情的话，最后才是算了吧，就这样算了吧。

任何时候，我都很难去责备别人。对爸妈和至亲的人偶尔还会发脾气，但是对外人，时刻注意，真的开不了口。即使开了口，那一句话，也已在心里往返很多回了。

我甚至怀疑，这是不是一种类似强迫症的障碍。

每次发微博、发微信，总是看过来看过去，有没有错别字，有没有措辞不准的地方，有没有会让别人不舒服的地方。

所以，一直以来，我很少表达自己。

当双鱼遇见 A 型血，就注定了我是不善于沟通和交际的，很多场合都是被动型。朋友介绍人给我认识，我夸对方发型很好，后面不由自主地说了一句："我妈很喜欢这样的。"顿时发现人家不高兴，赶紧补了一句："我也很喜欢。"所以宁可不说。

如果不是打比赛锻炼了一定的交际能力，我基本上属于见了人不知所措的类型。而且我是那种不记人、不记脸的，有的领导给我颁了八九年的奖，我才分得清。

面对冲突，我跟金佳映的差别就好大。她属于 B 型，我们两个很容易吵。吵的时候，她噼里啪啦一顿说，我嗯嗯啊啊回应着。她说完就会忘，我听完回去左想右想。但是 A 型血很能装，装着若无其事，其实一直憋着。等我实在憋不住了，秋后算账时，她却早忘记了，问我为什么不早说。

像很多双鱼座的姑娘一样，我天生爱幻想。比如，出席一个活动，走红毯前，我会想，等会儿走路挂到裙角，众人面前摔个大马趴，我该怎么办？是爬起来，羞红了脸，低着头继续走，还是环顾四周，旁若无人？算了，干脆装晕倒，被人抬走得了！

我第一次参加全国比赛，就预感能拿第一。晚上睡不着觉，天马行空地想，我要是拿了冠军，该怎么表现呢？有披着国旗跑一圈的，有咚一声蹦上领奖台的。我

拿了冠军，如果披国旗跑，该怎么跑？如果上讲台，该怎么上？拿了冠军应该会有人采访，该怎么说呢？

第二天，真到了那个时候，我只是很冷静很冷静地上去握了个手。

我习惯在事情发生前，前思后想很多，算是我给自己设置的应对意外的心理屏障。即使碰到一些突发状况，因为之前已经想得很多，我会觉得，都预想过了，还能怎样？

双鱼座也会突然执拗起来，但别人软下来，我也会认错。如果别人要横，我也会爆发，跟对方硬到底。

有些东西，踏着时光越走越黯淡，也有一些东西，让岁月越洗越明亮。青春，是过得最慢又最快、最迷茫又最明亮的时光。每一天，你都与一个新的自己相遇，每一天，你都与昨天的自己离别。相遇，虽陌生却踏实。而离别，好也罢坏也罢，已是背对你的远方。

我就是这样，从青春的入口，走向岁月的深处。

时光留得住

你的心，如果是一座城，那么你在等一个人，那是另一个人。
你的未来，如果是一座城，那么你也在等一个人，那是另
一个自己。

我走过很多城市，从山东到北京、厦门、杭州、广州……
一个小小的我，携着小小的梦想，辗转颠簸，无比幸运的是，
我等到了梦想花开。从北京到日本、美国、奥地利……一
段段艰辛的旅程，我独自上路，在陌生的城市和人群中起伏，
无比幸运的是，今天仍是旅程中的一段，终点尚未迫在眉睫。

从小爸爸就利用暑假带我去全国各地旅游，一直以来我对
大城市没有什么特别的好奇心、虚荣心，也没有什么特别
的喜好。比如，山东济宁和上海，我喜欢的程度是一样的。

山东是老家，有很多亲戚和同学。我的口味也是山东的，
觉得老家什么都好吃。不管品相如何，一沾到舌尖上的那

种味道，就觉得特别满足。作为山东人，我是很骄傲的。对于上海，我觉得比赛和锻炼的机会比较多，每个礼拜都有球赛可以打，这个平台对我会有帮助。

上海成为我的家，并不是因为上海是女生的天堂，而是因为这里栖息了我的梦。

对很多人而言，城市曾寄托了梦想，就像当年我跋涉很多城市练球、打球。

车窗外，机翼下，一个个城市匆匆而过，从北到南，从东到西，

从国内到国外，一如水中倒行的树木。我并不十分记得一个城市和另一个城市的差别，但我记得哪些城市有过我的故事、我的改变、我的坚持。因为它们，我才会去怀念、想念一个城市。没有它们，再大、再繁华也不过是冰冰冷冷的匆匆。

在多个城市之间行走，现在的我已经习惯要么参加比赛、活动，要么钻进酒店不出来，甚至连窗户都很少开。就是在上海，我出去的机会也不多，更喜欢宅在家里。

Xiaoting
Pan

这种宅，是大城之外的小城，是一座始终跟随我飘动的家。我觉得肆意、温宁、惬意，没有混乱的拥拥挤挤，没有陌生的川流不息，没有尴尬的杯盏晕眩，没有化了妆的人与事。这里有的，是我甩动的头发，伸展的四肢，以及我的自在安静。

然而，城市在变化，很多城市当我们重逢时已然陌生。人也在变化，很多人从熟悉到疏远，从疏远到不再相见。

人，最怕的不是没有路，而是迷了路。当梦想蹉跎时，你的城是否依然挺立。当梦想入手时，你的城是否依然纯粹。当你一路跋"城"涉水，你是否依然像当年怀揣梦想时一样素心不变。

"每颗心上某一个地方，总有个记忆挥不散，每个深夜某一个地方，总有着最深的思量"，在青春路上，我背着球杆，用手指一点一点搭建我的城、我的时光。那里有梦想的华丽和斑斓，也有无言的孤独、落空和伤痛。

青春和人生，并不是要留住什么，你留不住任何留不住的东西。

你只不过，遇见了，执着了，感受了，负担了，经过了，想念了，然后用它们在自己的心里，搭建起属于自己的时光城堡。

过去不属于你，将来不属于你，世界不属于你，任何东西都不属于你。除了它。

Xiaoting
Pan

你的泪光

眼睛是心的窗户，心是眼睛的源泉。因此，眼泪从来都不仅是眼泪。

它让眺望远方的你，懂得一路上的坎坷曲折。它让迎着迷茫的你，有一个可以宣泄和停歇的心灵角落。它让梦想初放的你，洗去尘埃，静立如初，重新上路。

对我来说，眼泪好像有固定模式，稍微感人一点，马上就哭。

比如分别，刚开始去美国比赛，一去几个星期、几个月。每次爸妈都去机场送我，我妈每次都哭，一边抹眼泪一边嘱咐，我也跟着哭。我以为去几次习惯了就好了，可很多年了，还是这样。

我生气也会哭，受委屈也会哭，想憋也憋不住。碰到被误

判的时候，我心里想的是我为什么哭啊，明明没有错，但眼泪偏偏不听话。

有几次误判，我真不想哭的，想去说理，而且想好了要这样这样去说，但还没张口，已经忍不住先哭了，一哭更讲不出理来。

2006 年亚运会我拿了两块铜牌，哭得稀里哗啦的。本来输的过程就挺委屈，比赛结束给我爸打电话，刚好有媒体在。

我爸说："啊，输了。"

我能听得出来他的口气，他非常希望我赢，但我是他女儿，女儿比输赢更重要。

他接着说："打得不好，没事，输赢无所谓，回来吧。"

我一听，满心的泪瞬间就倾泻了。

开心的时候我是很难哭出来的。

2010 年亚运会是我最低谷的时候。我真没信心走到最后，每一场比赛的对手都是曾获得过世界冠军的，每一场比赛都可能是终点。

2007 年和 2008 年我分别拿了两个冠军，2009 年我想凭我的实力再突破一个冠军，要拿三个，结果拿了四个亚军。2010 年亚运会很多人都不看好我，有媒体问，如果你拿到冠军会不会哭。

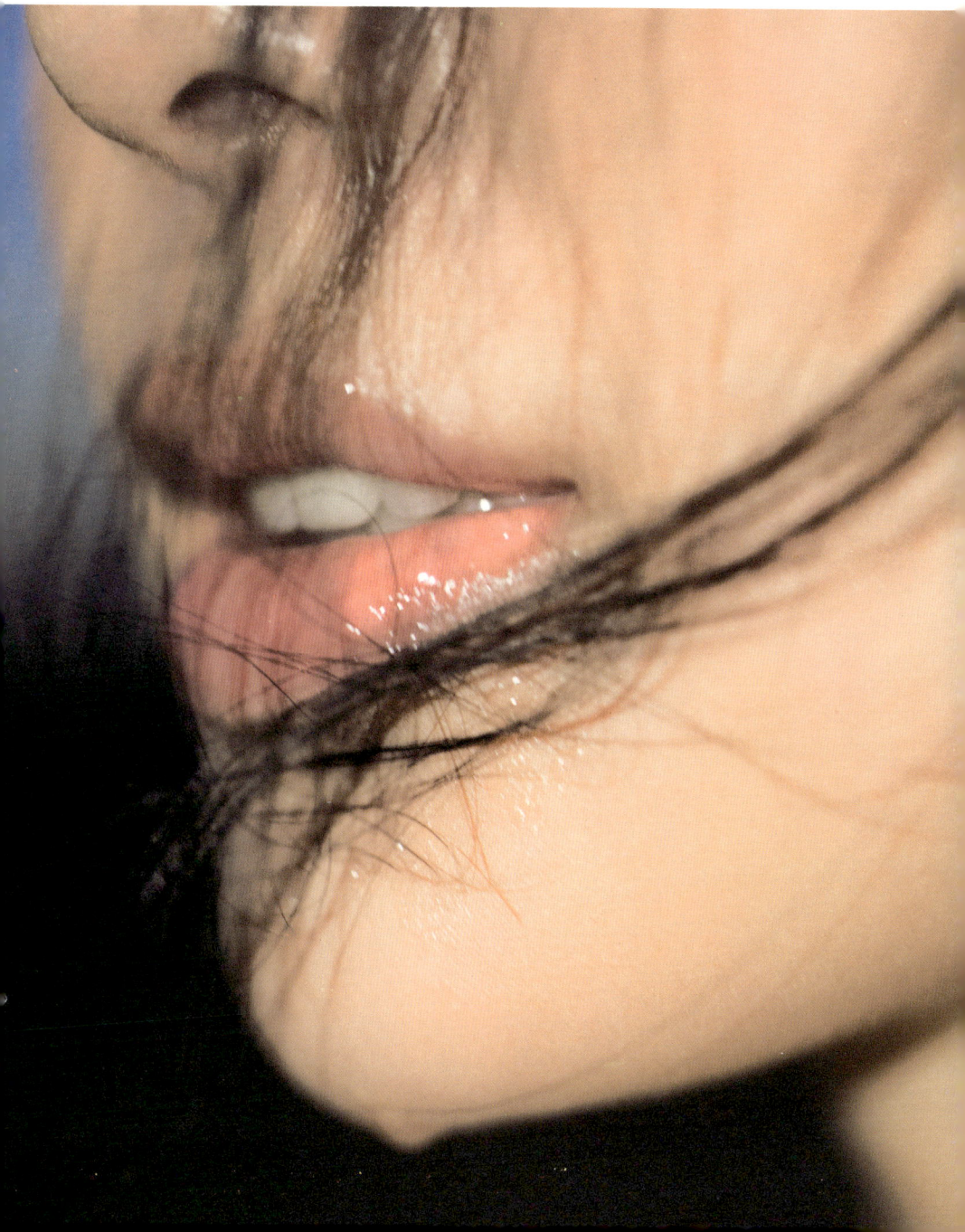

我说会哭会哭，因为我泪点那么低嘛。前面斯诺克选手拿冠军，我都快哭了，要是我还不更哭啊。

比赛前一天晚上我一直在想明天该怎么打，结果失眠了。眼睛以前做过激光手术，空调太大或者休息不好，很容易干。第二天，我惊心动魄打完了，终于赢了，所有记者举着摄像机等着我哭。我想哭，可是眼睛太干了，怎么挤都挤不出眼泪来，不过倒是急出汗了。

我的记忆里，哭得最厉害的基本上都是韩剧惹的祸。我很容易专注、投入一件事情，看韩剧，哪怕是第二遍，都能哭得嗷嗷的，上不来气，真的哭到心都痛。

所以，一般我不看悲剧，只看喜剧。不幸的是，连喜剧都能暗算我。

看《秘密花园》时，中间有一段，男女主角要交换灵魂。女主角进入脑死亡状态，男主角玄彬愿意跟她交换灵魂，玄彬开着车冲入雨中……玄彬在剧中饰演的是一个比较自私的人，他很享受他的一切，他有财富，有地位，但他却愿意为了一个什么都不是的女孩，放弃自己，让她占据自己的身体，让自己永远坠入无边凄冷的黑暗。

决绝的爱和决绝的痛，让我哭到不行。

看多了，哭多了，我自认为强大了，可是这个春天，还是被《来自星星的你》打败了。那个流星雨飞舞的夜晚，二千闭眼许愿，都教授在耳边作最后道别，嘱咐二千好好照顾自己，不许拍吻戏，不许和别的男人亲密接触，要开心地生活下去，万一他真的回不来，要彻底忘记他……

和流星雨一起飞舞的，已经不仅仅是流星雨。

你的泪光，柔弱中带伤，也让你有了独特的表达方式和美的方式。

男生，别指望拿眼泪当武器，但姑娘落泪，曾连长城都折了腰。男生怎么哭，也看不出美来，但姑娘一哭，却成就了另一种青春美学、人生美学。

有多少男生，迷恋你的泪水，心疼你的泪水，猜测你的泪水，却又不解你的泪水。

因为，它是每个女生的小秘密。

不畏世界，
不失自己

时光昏暗，人声遥远，寂静的地下室，一块块斑驳的白瓷砖像网一样罩着我。

没有空调，也没有电风扇，空气中弥漫着暴雨来临前的沉闷。我埋头打球，一杆又一杆。汗水挣脱了毛孔，挣脱了衣服，滴落在球台上，很快又被蒸干。

突然，我整个人像是掉进了冰城里。白色的瓷砖像冰面一样反射出清冷的光，手指肿得像胡萝卜，我还在打球，球杆却总是抓不紧，一出杆就打偏了，越着急越打不准，越打不准越着急……

月光隐匿在城市的灯火中，从窗帘的角落里飘进来。我从梦中醒来，摸了摸自己的手，那曾是我独一无二的时光。

从十五岁开始，我跟随爸爸学艺，一父一女从此摸爬滚打

在昏暗的日子里，咀嚼着痛苦，却低着头在心里仰望着幸福。

爸爸把球馆地下室放杂物的小仓库腾出来，给我放了一张单人床、一个衣柜，那里成为我的战场，也是我的闺房。

一开始，爸爸是我唯一的教练，教我在地下室练球。我每天最少要练八个小时，准备比赛的时候，每天至少要练十二个小时，没有双休日，一练就是六天半。未来是一条大河，我没有通关攻略，没有鸡血励志书，只能拼自己。

夏天，怕风影响球速和球路，破坏以后的判断和感觉，连电风扇都不能吹，练到快要中暑快要晕倒了，还得挺着。冬天，没有暖气的地下室像冰窖一般，长时间站着不动，人很快冻得像冰棍。

四季的风景全被关在了门外，四季的痛苦却一个也不少。

有一次感冒发热我打了点滴，第一天打左手，第二天打右手。右手打完点滴，打球一发力就会胀痛。我跟爸爸请假，爸爸说："好，那休息半个小时吧。"半个小时？太苛刻了！那还不如干脆不休息了，我气鼓鼓地拿起球杆回到球桌边继续练球。

为了提高出杆的稳定性，爸爸自创了一套"一杆穿瓶"训练法。桌上放一个空的酒瓶或矿泉水瓶，我架上架手，对着瓶口运杆、送杆，但是不能碰到瓶子，要一杆穿瓶，

练的是卖油翁的本事。

爸爸还买了个沙袋绑在我手臂上，增强训练，一绑就是十几个小时。绑到后来，胳膊上每块肌肉都好像是别人的，完全没有知觉了。如果绑在腿上，说不定现在我已经身轻如燕，可以飞檐走壁了。

经过长长的地下训练之后，爸爸开始带着我到全国各地拜师学球。

我背着球杆，一路走，一路打。那时候，经济拮据，在外地练球需要各种费用，为了省钱，我们只能住最便宜的旅馆，吃最便宜的盒饭，喝自己烧好的装在塑料瓶里的凉白开水。一直到今天，我外出还是习惯随身背着自己的白开水。

我们穿行于一个又一个城市，经历一场又一场失望与希望的交织，守护着从叶绿到花开的梦想。

1998年春节前一天，我从北京学完球，赶回山东过年。那时，早已一票难求，爸爸好不容易才排队买到了站票。我得了重感冒，高烧39度多，浑身虚弱无力，精神恍惚，跟着爸爸茫然地拥挤在坚硬的风和拥挤的人群中。

我紧紧地抓住爸爸的衣服，北京太大了，未来太远了，苦涩却如此之近。

上车后，爸爸找到列车长说了好多好话，才补了一张卧铺票。爸爸赶紧让我去睡，我想让爸爸去睡，爸爸坚持让我去睡，我一着急就哭了。后来我们约定，前半夜我睡，后半夜爸爸睡。

我一躺下，就昏睡过去，夜里三点突然惊醒了，顶着头疼爬起来找爸爸。他坐在人群中无力地打瞌睡，我晕眩着拉爸爸去睡卧铺，他怎么也不肯……

我们仿佛就这样一直拉着，从开始到现在。爸爸用尽力气，为我撑开翅膀，而我全力挥动翅膀。

很多年了，那些夺冠的好时光常常模糊，那些艰难的时刻，却如此真实，如此清晰，如同掌心里的纹路。

台球训练和比赛完全靠右手支撑，为了保护右手和平衡左右手，在日常生活里，我要练习成为"左撇子"。长期俯身训练和比赛对我的身体造成了一定的运动伤害，尤其是腰椎和颈椎，每次腰伤发作，都肿胀疼痛难忍。

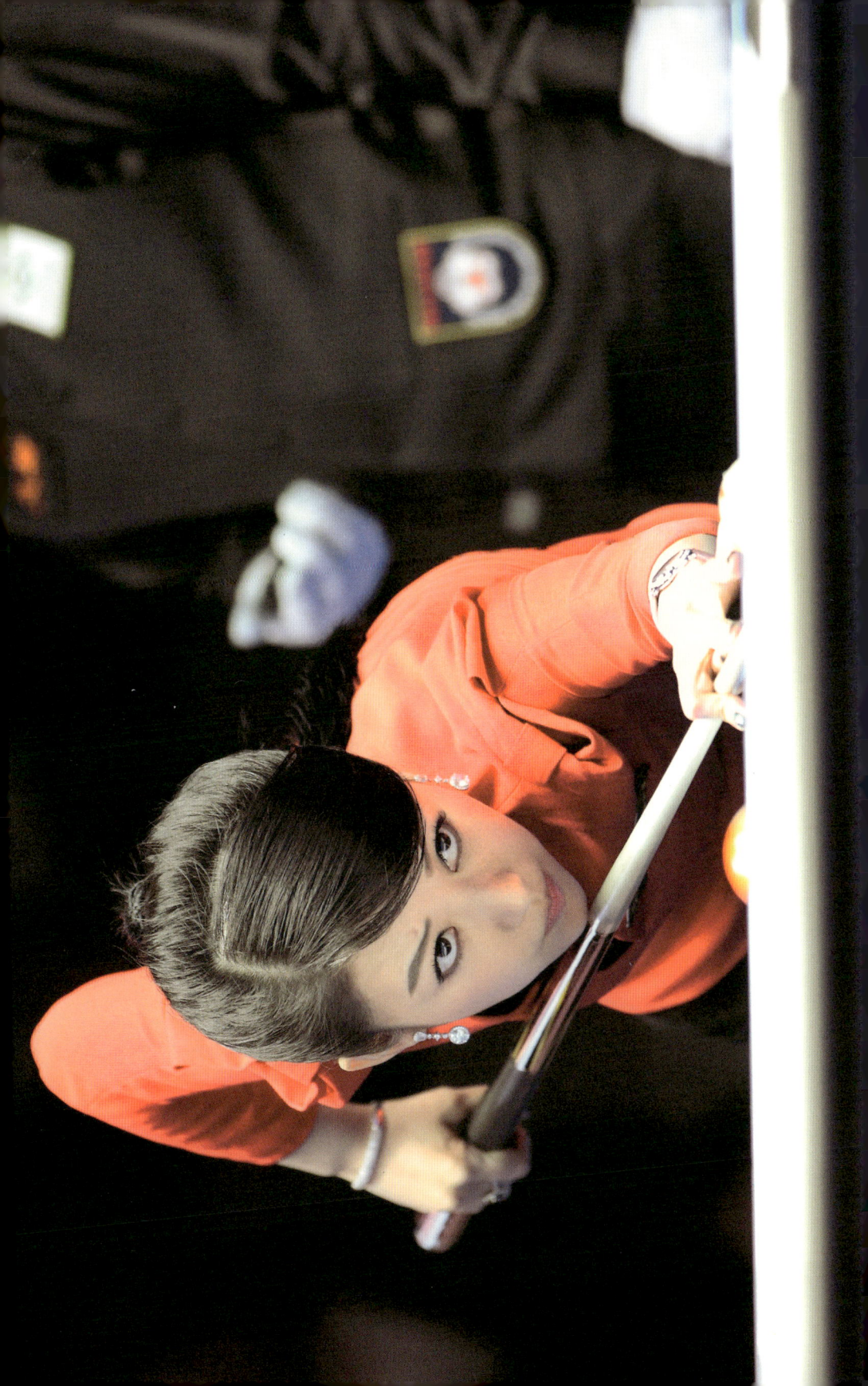

我比很多 80 后姑娘经受了更多身体上的苦，后来我才明白，更大的苦，却是从身体渗进心里的。练球学艺的岁月里，我走的是一条少有人走的路，根本不知道明天在哪里。如今，当我走到塔尖之上，一身黑衣四处征战时，明天又将在哪里。

人生之难，无非是上去难，下来更难。但正是这些不甘于蜷缩的挣扎，才能压得住梦想和人生的阵脚。

如果有人问，今天的我来自哪里，我的答案是我来自这里。如果有人问，我的不同在哪儿，我的答案是在这儿。如果有人问，我将怎么走下去，我的答案是，靠自己，做自己，不畏世界，不失自己。

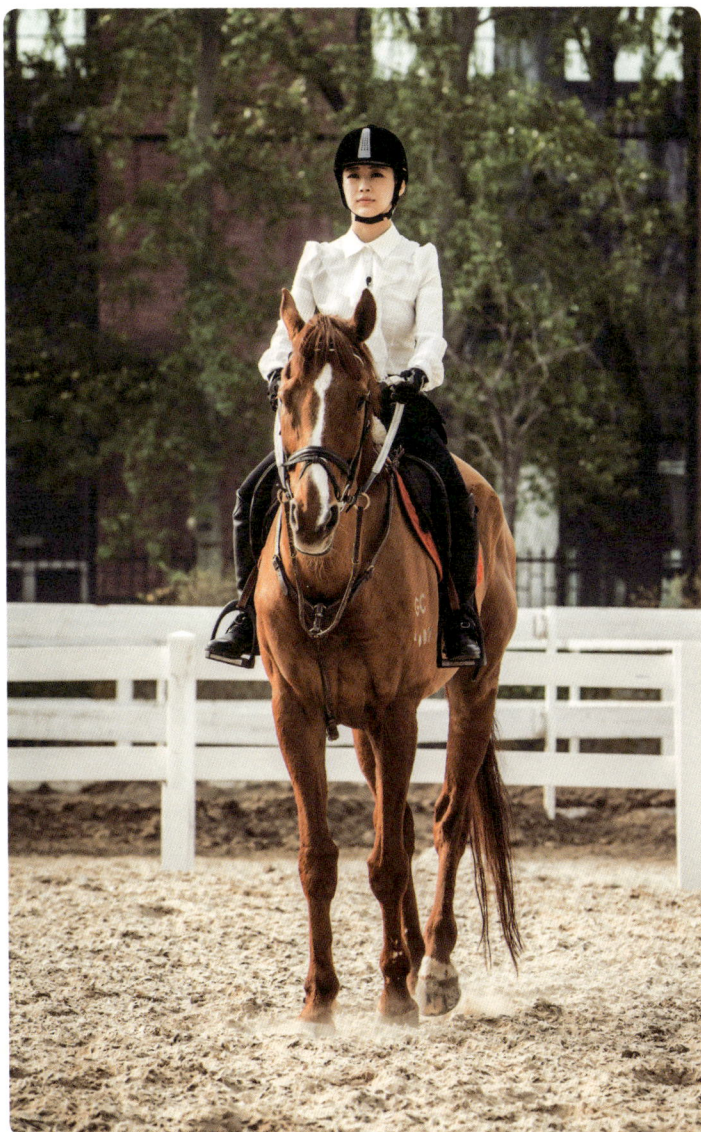

_ Xiaoting _

P a n

世上终究没有任何险，比爱更值得去赴。

只有她是陪你走到最后的那个人，经历了等待，

经历了相遇，走过了爱情的四季，

走过了细小却危险的"战争"。

2

遇见

我所理解的 韩寒

我相信，世间所有的相遇都是有安排的。没有安排，没有道理，两个陌生人、两个陌生的世界在奔流的人海中，一定是不遇的，即使路遇，也是遇而不见的。

我认识韩寒，是因为一个朋友。那时候，我跟一个好朋友玩赛车，他也跟一个好朋友玩赛车。而这两个朋友是一个人。

我第一次参加赛车比赛的那次，韩寒本来也是要去的，后来没去成，算是错过了。事后听说我在练赛车，韩寒说："晓婷要开赛车啊，我教你赛车，你教我打球。"

让我诧异的是，这么文艺的韩寒，居然特别喜欢打球。我们第一次打球，他跟那位朋友一起来到我球馆。我们简单切磋了一下，让我想不到的是，他的球打得那么好。

不过，那天他发挥得不太好。因为我的球台是特制的，为了增加训练难度，也为了在压力中训练，以便更能适应比赛，我平常用的是洞口要比普通球台小的球台。韩寒打惯了一般的球台，一下子不习惯，也不熟悉，所以总打不进去，他很郁闷。

之后，他有一个朋友来我球馆打球，我不认识。他正好和这个朋友通电话，他说把电话给晓婷，我们聊了几句。

今年，他知道我要跟奥沙利文组团比赛，很感兴趣，打电话来说如果有时间他也想参与。

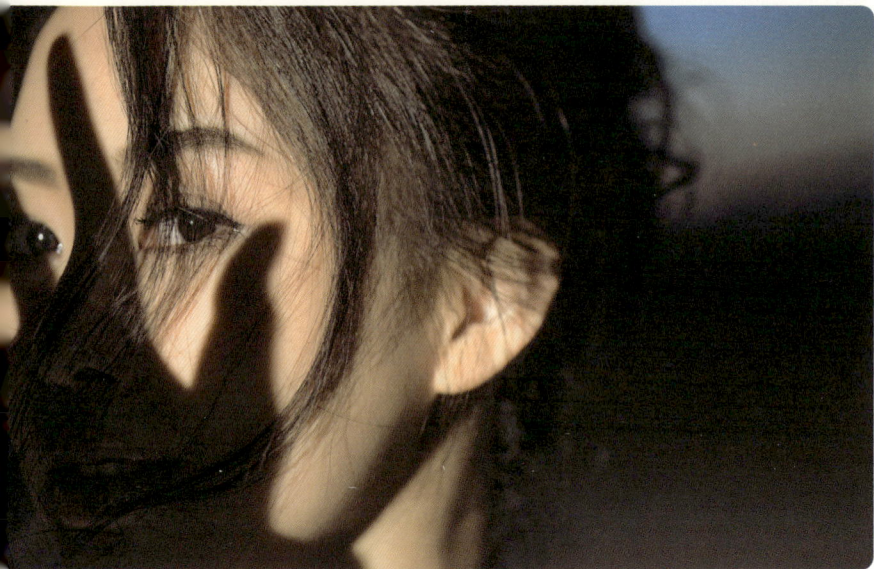

我所认识和理解的韩寒，是比较好强的。那次回去，他一定狠狠苦练了一段时间。他跟我同龄，却比我成熟多了，很有文艺范、思想范。我很少去想那些有的没的东西，而他是一个非常有自己想法和看法的人，个性随和，善于表达自己。

很多人想象过伏在书桌上的韩寒，一定没有想象过伏在球桌上的韩寒。很多人见过伏在球桌上的我，一定没有见过伏在书桌上的我。

他靠文字打天下，我靠球杆闯世界。我深知，一个人用自己去影响别人的可能性，一个人用自己去影响世界的难度。至少，你首先要把自己扎进深深的角落里。

韩寒到球馆打球，是他经过我的世界。我涂
鸦一段段文字，是我经过他的世界。

我经过他的世界的意义在于，终于有一天，
我跟用文字搭建的"建筑物"——书——有
了相遇多年，却乍然遇见的缘分。

他经过我的世界的意义，我想，至少是他
知道了球台与球台的不同。

海阔天空
吴秀波

2010年亚运后之后，我出席一个颁奖典礼时，遇到了吴秀波。我获得的是优秀运动员的奖项，他获得的是最佳男演员的奖项。那之前，面对亚运会的压力，我根本没时间看电视剧，不知道当红的电视剧有哪些，也不知道当红的演员有哪些。

颁奖典礼结束之后，我出来碰到陈一冰，正聊得热闹，突然就见一群人呼啦啦出来了。一大团粉丝紧紧围住一个人，签名、拍照，闪光灯劈里啪啦。我们体育明星干巴巴地站在一旁，只有稀稀拉拉几个人要签名拍照。

我当时就纳闷：谁啊谁啊，这么厉害！

这时，他也看到了我，突然分开人群说："等一下，我要跟潘老师合影。"

我当时就有点懵，完全没搞清楚状况。我之前没看过他的戏，虽然听说过他，看着也眼熟，但名字跟人对不上，作品也对不上。虽然没搞清楚状况，他主动要过来跟我拍照，我当然也 OK 了。拍完之后，只记得他说："很喜欢看你打球。"

当时，觉得他非常有风度，谦虚，平易近人。

那次之后，我们见面不多，直到今年终于正式重遇。再见时还聊起这件事，吴老师的版本是："那是我第一次主动找人拍照。当时扒拉开一群人，说我认识潘老师，我要跟潘老师合照，我喜欢打球，也喜欢看你打球。"

这像是电影里才会有的桥段，估计当时一帮女粉丝各种羡慕嫉妒恨啊，而我却一脸茫然。

吴老师是一个非常有深度又不乏幽默感的人，跟他见面聊天，就像一起演一场电影。他经历过太多的事情，走过人生的四季，跋涉过心灵的极地，但他仍然坚持回到原来的地方，回归最本分的自己。

举目时苍茫寥廓，低首处寂静深沉，当他面对你微笑时，又那么亲切随和，很舒服，没有任何负担。要是以往，跟这样有深度的人谈话，我会特别有压力，但跟他沟通却很轻松，完全没有不自在的感觉。

他的话语里有很多故事，也有很多故事之外的东西。那些东西，像雪花飘于阳春，像草原绿在雪夜，给你带来完全不同的风景、不同的感受，深深打动你。

那天，他有一段话深深击中了我。他说，选手打球，隐藏自己的内心是对的，刻意隐藏自己的表情，这就太辛苦了。从看球的角度，大家都欣赏奥沙利文的球风，是因为他真的可以做到放下一切，尽情地表演，把自己的实力完全发挥出来。

在任何一个行业里行走，压力始终是你在不同层面都要面对的。你能放下的压力有多大，你能抵达的心理层次就有多深，你能改变自己的机会就有多大，你能调整自己的高度就有多高。

我看过吴老师的一些经历，也面对面感受了他的挥洒自如。这是一种智慧和魅力，是经历过、思考过之后的懂得，是撞过墙、破过壁之后的放下，是海阔天空的平静和自在。

我也知道，我是那种在乎太多的人，如果在比赛中我能放下多一点，一定能打出更高的水准。我打得最纠结的时候，都是因为我自己没能放下。

吴老师能走到今天，一定也纠结过很多纠结，但他斩断了纠结，找到了更远的方向和存在："不分别至每一口饮食，不求得至每一句话语，不见诸相至每一寸目光，不妄想至每一瞬间。"

放下，不是几句话就能复制的励志书，不是几次触屏就能改变生活的高新技术，而是一步一步走出来的心灵阶梯。

来自星星的奥沙利文

他是英国人，无论在全世界哪里打球，他选择的出场音乐始终是粤语版《男儿当自强》。

他经历过现实和内心的深渊，但他全打败了它们，仿佛世界上没有他打不败的。

他就是奥沙利文。他具有放得下一切的智慧、意志和习惯，他具有华丽的令人窒息的技术和行云流水般的进攻，他做到了在最顶级、最激烈的比赛中，可以什么都不想，什么都不管，只有他自己。

在国际大赛中，很多人会紧张到最后一颗球打不出来，不敢打，手抖得停不下来。奥沙利文却可以做到突然换成左手打，他完全无视那些在我们看来的不可能和障碍。

2013 年底，我有幸跟奥沙利文一球一球打完，他传递出来的状态像长江大河一样，让我觉得打球太应该这样了。我自己打的时候，心里弯弯曲曲，好像特别苦大仇深，紧张得不行。他却很好，仿佛一个人待在房间里，想怎么动，就怎么动，没有比赛中表现出来的焦躁情绪，让球迷和观众有很多欣赏点。

我们打球之前，我就做好了充分的思想准备。他是一名非常有个性的球员，不按常理出牌，不按套路行动，所以我很担心跟他交流沟通会不会不轻松啊，会不会不好相处啊。接触下来，完全没问题。

大家看到的都是他比赛的一面，他在比赛中像火箭，随时会发射。在生活中，他真的非常随和，非常友善，不拘小节，这是我完全没有想到的。

我们一起坐高铁，他觉得中国的高铁太棒了，一下高铁，带了一顶橘色的小棉帽，到处看，很随意。晚宴时，我属于在乎的东西比较多的，一般会吃不饱。我要认真听领导讲话，也担心领导突然跑过来跟我讲话、敬酒，所以总在留意身边人的情况。

一不小心就留意到了奥沙利文。他正什么都不管，就像在自己家里一样大吃，完全不看旁边的人，胃口超好，那一顿真的吃了好多。我很意外，他那么喜欢中国菜。因为我有很多美国英国朋友，他们对食物很挑剔，不吃带骨头的肉，不吃带头尾的鱼，总之是各种不吃。

奥沙利文可不管，他什么都吃，我特意问过他，你觉得怎么样？他说很棒很好，非常喜欢吃中国菜。不仅如此，他用筷子还用得非常好，就像他的球杆一样，我想应该是他本身的协调性非常好。我们吃花生米用筷子不好夹，还用勺子，他直接用筷子，一颗一颗精准地夹了起来。

我们带他去看舍利子，他问我，是不是也要双手合十？我说这表示一种尊敬，他就跟着学。我先做，他在后面学。文化虽然不同，他可能也不知道是怎么回事，但他会尊重你的文化、信仰。

从观光园出来上车后，有一个粉丝拿着他的海报，叫着他的名字追过来签名。当时有很多领导在，怕秩序不好维持，也要抓紧时间赶去比赛，车没停就直接开了。那个男孩举着海报，追着车飞奔过来。奥沙利文就很担心，说要不要停下来，那个男生还在追。车开出去一段路后，他还不放心，又问是不是要停下来。我们把车停下来在路边等，等了一会没见那个男生跟过来，这才继续走。

到下一站之后，有人领着一个男生过来，说这是刚刚追车的那个男孩。奥沙利文一看，说不是他。我当时觉得好意外，因为在很多外国人眼里，中国人长得都一样。我都没办法区分这是不是刚才追的那个男孩，他却一眼就能分辨出来。

在人群中，你也许看不出来奥沙利文有何不同，但站上世界舞台他就是那么例外。

我跟他比赛的时候，中间我有一次叫暂停，出去了五分钟。比赛结束后，很多人跟我说，你知道他那五分钟都在干吗？他一直都

在动，而且动作都没有重复过。
那场比赛他喝了三大瓶矿泉水，
而我只敢喝一小瓶矿泉水的三分
之一。

不会打球的人看他，会觉得他
很普通，会打球的人看他，才
知道那是天下无敌，那是来自
星星的奥沙利文。

等花开的
幸福

当绿满庭院，繁花尚等盛开，春天过去了还有夏天，夏天
过去了还有秋天，秋天过去了才是冬天。父母健康，你尚
未嫁娶，无论多晚，他们都要等你回来，等你遇见那一个人，
等你筑起另一个家……你踮起脚尖轻盈地看着窗外：哇，
还要等的事情好琐碎好漫长。

而这，是你将来一定会怀念的幸福。

微信刚流行，我就教我妈用微信，她会拼音会打字，学得快。
有一次，我到北京参加集训，刚到就收到一条微信，是我
妈的，微信的名字是"超级小老太"。

白色的小长方形里，"超级小老太"压低了声音："小孩
到北京了吗？有没有人去接你啊？"我很诧异："老太你
干吗呢？能不能大大方方说话？手机偷来的？""超级

小老太"继续压低声音："不是啊，这么多年轻人他们都没用微信，我不好意思啦。"

我爸用手机一直是手写，慢不说，有时还识别不出来。一般我都是跟我妈发短信，有微信了，我说这下有救了，按一个说话就行了。我外出集训，我爸第一次给我发了条微信，我回了一个。一个星期之后他问："小孩，我给你发微信你怎么不理我呢？"我说："我一个星期前不是回你了么？"过了好一会，他回："哦，原来是这样用的啊。"

我爸很奇怪，典型的 O 型血射手座，无论去哪儿都是赶时间，生怕来不及了。参加一个活动，在他的紧催紧催下，我们赶早出发，路上一路畅通，提前半个多小时到了。他左看右看："咱们在车上等会吧，我给你拿瓶水啊。"我说："你刚才急得跟什么似的！"我刚准备喝水，他又说："别喝水了，赶紧去。别让人家老等着，人家都到了！"结果到了那儿，一个人都没有。

我妈刚会发表情时，很专心地研究那些小兔子。有一天，我早上起来，一看"小老太"给我发了无数条短信。我点开一看，全是小兔子的动作。我问她："你给我发那么多小兔的表情，想表达什么呢？"她很得意："啊！发出去了？我就是想挨个看看，是些什么。没想到就那么一点，都发出去了。"

在上海，我们经常去一家面包店买面包。那一片，有面包店、音像店、洗衣店、理发店。我通常把车停在转弯的围栏处，我妈一开车门，就可以直着走进面包店。

那天去买面包，平常停车的地方停了一辆面包车，我只能把车往前停，停车的位置刚好对着理发店。我妈一开车门，闷着头冲出去了。我一看，赶紧喊她，可是已经来不及了，她径直走过去，听不见了。一会就见我妈很火大地出来了，狠狠瞪了我一眼，然后去了面包店。上车后劈头盖脸地一顿说："你为什么给我停在理发店门口？你为什么不给我停在面包店门口？"我辩解："你没看见前面有车吗？我能把它顶走吗？你进去说了什么啊？"我妈还是生气："我进去很尴尬的，人家问阿姨你想吹头发、洗头发，还是烫头发？我说面包店不干了？"我安慰她："还好啦，你没说给我来两个面包。"

我经常跟我妈一起看电影。到了电影院，她倒是很挑剔："这个不好看，我要看那个。"

Xiaoting
Pan

看电影前，我们先去买票，再去吃饭，吃完饭还要给她留出时间去超市。她嫌电影院里的饮料不好喝又贵，爆米花也不好吃，要去买棉花糖，她喜欢吃棉花糖，那种一颗一颗的。到了超市，她买了一包棉花糖，又买了一袋瓜果蔬菜，不能提着瓜果蔬菜看电影，只好送去车里。

从车里出来，我们走上商场的手扶电梯。我妈腿特别细，上身有点圆，又喜欢穿小平底鞋，看着就像站不稳似的，我得挎着她上电梯。她突然叫起来："哎呀，我的棉花糖呢？"我吓一跳，就想逗逗她："不是你拿着的吗？是不是丢车上了？"

就一包棉花糖呢，她急得不行，电梯正在往上走，她恨不得冲下去。我赶紧说："别！棉花糖在包包里呢！""哦。"她这才安稳了，还不忘记嘀咕一句，"怎么回事，人老了就像小孩一样。"

我在世界花式撞球联合会杯（WPA）上拿过一个奖杯，很重很漂亮，看起来像奥地利水晶的，造型也很特别，像一个果盘。上面有字，但是很小，不注意根本就看不到。有一天，我妈装了一盘水果上来。我感觉什么地方不对劲，看了好几遍，才发现，我妈真的把奖杯当果盘了。她以为我那么大老远从美国特意背回来一个果盘。

有一阵子，流感比较严重，我们一家三口都感冒了。我感冒最严重，吃完饭之后，特别想睡觉，没办法开车，换成我爸开车。开车回球馆的路上，我坐在后面睡着了，一会我妈也睡着了。熟睡中突然听到我妈喊："你爸睡着了！"我一看，我爸真睡着了。幸好，正在等绿灯。

我爸和我妈跟我去了一趟美国后，两个人对学英语的兴趣相当高。有一天我妈跟我说："我会很多了，我说给你听，Coffee（咖啡）、Tea（茶）、Banana（香蕉）、Candy（糖果）。"我一听："好啊，我教你读橘子吧。"因为在外面喝橙汁的机会比较多。我妈说："那你教我。"我就教她"Orange、Orange。"第一天很好，一直练。过了几天，我突然问她："橘子怎么说？"她边想边摆手："我记得，我记得，千万不要提醒我！"等了一会，就听她说："吉、吉……"我一看她憋了那么大劲，只说了"吉"，就笑得不行。后来当笑话，跟我另一个朋友说了。朋友就问我妈："阿姨，那我问你一个，糖怎么说？"我妈说："Candy 啊。"我朋友说：

"不对不对，我说的是糖，你说
的是糖果。"我妈想都没想就说：
"Can！"

趁父母尚未老去，你要多陪陪他
们。趁明天和幸福还有很长很长，
你要开心美好。

单身秘密

当夕阳西沉的时候，你伫立窗前，灯尚未醒，夜还在赶路。在自然的光影交错中，静立的窗户把世界分成了两端，一端系着窗内的你，一端系着窗外的景。

每一个女生，都有一扇属于她自己的窗户，她从窗里看草长莺飞，看朝露夕光，看他从窗前走过。而他从窗外，看画在玻璃窗上的侧影，在凌乱的脚步中猜测那精致的侧影后是怎样的秘密世界。

我是一个不善于表达自己的人，特别怕被人发现情绪上的波动，哪怕是一点点起伏。

比赛中，我习惯用冷静来伪装，用冷冷的表情掩饰内心的压力。面对比赛，没有人会不紧张，即使比赛这么久，我还是挡不住紧张。尤其是一下场的时候，还不熟悉场地、

环境和人群，不知道自己的状态和心情对比赛有什么样的影响，既担心比赛打不好，也害怕看到观众的焦躁和失望。第一场比赛往往是在摸索，一点点适应外界的压力。碰到状态不好的时候，跟对手胶着不下，一直打到决胜盘。这时候在外界的压力之外，我还要承受越来越重的比赛给我的压力。

在任何情况下，我都不希望对手或观众看出我有压力，看出我紧张。我就用力绷紧自己的情绪，希望让对手感到压力，让观众看起来觉得放心。这是我在比赛中一直想要去做的一件事情。

在生活中，我也是如此。从小父母的管教比较严，一句话不得当，我妈会赶紧冲过来给我制止住。一直到现在，我讲话都会特别留意。

慢慢地，在别人给我压力和要求前，我已经
提前给了自己很多要求和克制。

在感情上，我更加注意。我对感情的看法
是宁缺毋滥。遇见一个觉得差不多的人，
先接触，先试试看，接触过程中，觉得不
合适再分开，这不是我的方式，我也很难
跨出这一步。

我认为，对于感情男生一定要主动，如果
不主动，就算再喜欢他，我都宁愿错过。
对方爱我的程度，一定要超过我爱他的程
度，这样我才会有安全感。

要是突然遇到自己喜欢的类型怎么办？也
许很多人不相信，也许有一部分知音。我

要是看到我喜欢的类型，绝不会冲上去，而且基本上不敢看第二眼，会很被动，很紧张。如果看到那种高高帅帅，特别有风度内涵气质的，我会紧张到连招呼都不敢打。我知道我喜欢的类型，身边肯定围了一大帮小女生，多一个不多，少一个不少，我干吗非要往上扑啊，没有这个必要，反而会躲得远远的。

如果不是我喜欢的类型，我会跟他聊得像没有性别之分的同性朋友一样。

我不敢多看一眼的你，要小心了！

很多人不相信，我到现在还没有男朋友。曾经有一个朋友说过另一个原因。

我跟我爸妈之间的关系特别融洽，只要我在家，我就会拖着他们一起看电影，一起逛街，一起出去吃饭。我爸有他的球友和很多工作要做，我妈经常打麻将，而我在家里就只有他们两个，不拖着他们陪我，怎么办啊！

只要我在家超过一个星期，我妈就开始受不了了。她会问，你什么时候去比赛啊，什么时候出去啊。她着急那些麻将搭子都快没了。

我在家的时候，有"麻友"给她打电话，她就只能说："晓婷在家，我要陪她，你们去打吧。"一个礼拜之后，人家开始不找她了，她就着急了，担心等到我出去比赛，她就找不到麻将搭子了。

我们经常去一家电影院看电影，买票的服务员常常会多看我几眼。别多心，不是其他原因，是因为很少能看到在情人节、七夕节拉着父母去看电影的女孩。

那位朋友的结论是，我不缺爱，父母给了太多爱，所以不着急。

也许，因为单身，所以叫青春。单着，也不担心。单着，也有很多爱。单着，也有很多风景。

终究有一天，我会走向庭院深深的窗外，走进另一片秘密。

给他的
私信

张小娴说，一个人也可以，但是，要有两个人才会甜蜜；
一个人也可以，但是，要有四片嘴唇才可以亲亲；一个人
也可以，但是，要有两个人、两双手和四条腿才可以变化
出许多不同的拥抱，可以飞抱、熊抱、腰后抱、亲嘴抱，
用尽全身力气抱；一个人也可以，但是，要有两个人和两
颗脑袋，你才可以把脑袋靠到另一颗脑袋上睡一会儿。

一个人也可以，但是，要有两个人才能化解岁月的无情与
生命的哀愁，厮守一生，不枉此生，相约来生，生生不息。

爱情是世界的出处，没有了爱，世界早已孤寂沉落。爱情
是美的出处，没有了爱，谁还在乎那份吃不得喝不得的美。

在爱的世界里，你是天空，你背过去，她就没有了颜色。
在爱的世界里，你是蜜蜂，她是花丛，她萎谢了，你将再

也没有让熊出没的甜蜜。

在爱的世界里，她就是她，你是来自星星的你，等下去，即使隔着茫茫宇宙，也一定会相遇。一只鸟儿，总会等来一段可以停落的枝丫。一片叶子，总会等来一个安静的角落。一盏灯，总会等来一双温暖的脚步。

我们在乎要求的东西，虽不能那么清楚地数出来，但一定会有很多很多。听起来，很怕人，但那只是她为你、你为她定制的魔法，像毒苹果之后王子的那个吻，让世界都走不进来，却让你从远方归来。

她宁可不要世界的了解，只要你的懂得。

她宁可不要世界的掌声，只要你的微笑。

她宁可不要世界的瞩目，只要你的牵挂。

她宁可不要满天的星星，只要你的目光。

其实，她并不是不在乎世界，只是想让你知道，她宁可不在乎自己，也要更在乎你。

我们常常不知道，爱是有季节变化的，不会永远是春天。春天是爱，夏天是爱，秋天和冬天也是爱。春天过去了，你不能还坐在那儿，一心在春天里等花开。

山盟海誓抵不过秋夜里，他摸索着将你被子外的脚轻轻放进被窝里。玫瑰地毯抵不过你不方便下水时，他将你不小心弄脏的衣服洗得白白净净。

爱情的爱，比世上任何一种爱，都要挑剔、敏感、脆弱，究竟要怎样呢？

爱情是发现并爱上另一个人的好，是一个人爱的本能。高高的鼻子，独特的个性，聪明的眼睛，一个皱眉，一个动作，一个背影，她都觉得好到不行。

婚姻，是发现并包容另一个人的不好，考验的是一个人爱的能力。你怎么这样啊，你以前可不是这个样子的，你变了，你是不是一直隐藏着，你不要总是用沉默打发我行不行……听我解释好不好，你不要无理取闹好不好，不要再疑神疑鬼好了，我太忙了，好多事情要处理，真的忘记了……

磕磕绊绊却圆圆满满一生的爱，不是你的好或不好，她的好或不好，而是我们能给予对方的好。那份给予的好，才能让我们接受、走出对方的不好。那份给予的好，让我们成为彼此的独一无二。

爱情也是一场冒险，在看不到岸的河边，谁不是摸着石头过河呢。

爱情里的风浪，那些小性子、小脾气、小不愉快，并不是她要把你掀翻，并不是她痛恨你，并不是她不再爱你，只是她想让你像以前一样在乎她，想让你更爱她。爱的反面，爱的风险，不是恨，而是冷漠、不再在乎。

如果有一天，她看到你连吵都懒得吵的麻木，会有多伤心失落。

然而，世上终究没有任何险，比爱更值得去赴。

看到一条微信说，在平衡婆婆和媳妇的关系中，男生是最重要的。男生要知道该怎么去做，要知道相对的是非对错。母亲养你到二十岁、二十五岁乃至三十岁，妻子也要跟你度过之后的二十年、三十年、四十年、五十年，甚至更长，还要生儿育女，照顾家庭，经历疲惫、波折和漫长。

所以，你应该尊重她。

陪你到最后的那个人，是独一无二的。

一生中，有很多亲人，有很多朋友，也有很多擦肩而过的人。但只有她是陪你走到最后的那个人，经历了等待，经历了相遇，走过了爱情的四季，走过了细小却危险的"战争"。

青春固美，但仰望岁月斑驳中白发相携的背影，我却泪如雨下。天赐良缘，说的不过是一生十指相扣是感天动地的大事儿。神仙眷侣，说的不过是红尘中两个人可以胜过神仙的可能。

思念如雨，爱意生花，岁月静美，为你而好。

遇见，
一生

世间有无数的不相遇，也有很多的相遇仅仅是一次性擦肩而过。十年修得同船渡，百年修得共枕眠。如果，一生都在遇见，那得是多大的缘分。

遇见 9Ball 那会，它刚出生，眼睛上有个小白点，可能是出生时撞到什么受伤了。我们带它回家，给它点眼药水，好久才好。

9Ball 是一个很特殊的狗狗，非常细腻，有点自闭，而且超级没有安全感。刚抱回家，它特别容易和人亲近，家里的人认得特别快，特别清楚。两个月的时候，我出国比赛，十天后才能回来，就把它寄放到我爸的一个朋友家。那个朋友养过狗，懂得怎么照顾狗，我们很放心地走了。

一回来，我们就去接它回家。我爸的朋友那天碰巧有事，把钥匙留给了我们，让我们自己去接它。

进门后，发现很安静，怎么十天就变心了？十天前，一听到我们的声音简直疯了一样一顿叫，围着、拥着亲够才行。

我和我爸还以为进错门了，仔细看了下，没错啊。难道是小狗跑了？不对啊，跑了的话我爸的朋友应该跟我们说。我们到处找，看到了小狗窝，走过去就看到了它。

听到动静，它抬起脸，睡得迷迷糊糊的，穿着高领的小毛衣，领子都撑大了，一副无精打采的样子。

我把它抱出来，它还是睡眼惺忪。怎么回事？怎么没精神？怎么蔫了？我一摸小毛衣还是湿的，尿了，在窝里就尿了！

之前，它是不会随地大小便的，大小便一定要出去。有一天下雨，我们没带它出去，它实在憋得受不了，跳到浴缸里，我把它捞出来，一会又进去了，然后在浴缸里尿了，才知道真憋不住了。有一次它忍不住了跑到洗手间，尿完以后，还把纸篓里的纸掏出来给盖上，我去洗手间的时候，发现怎么纸都在外面，还是湿的。

看来，它已经颓废的不行了，世间所有的颓废都是自暴自弃。

我赶紧把小毛衣脱了，抱着它上出租车。有亮光了，它才反应过来是我和我爸，就在怀里哼唧哼唧，想哭，又憋着。

从那时起，每次只要我们收拾行李，它就害怕，围着行李箱转来转去，特别怕我们不要它。带他到小区里遛弯，它都不放心，跑一会儿就要回来，看我们在不在。看到我们在，就像小战马一样，唰一下不见了，一会又噌噌地回来，一看还在这儿，唰一下又跑了。我们看它跑得差不多了，说走了回家了。不用拴它，不用牵它，一叫就回来。

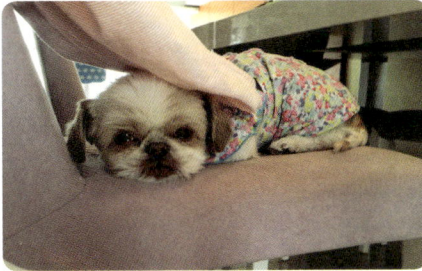

但只要带它出小区门，就不行，就
不出小区门。带它去宠物医院，肯
定是要出小区，它不去，上车在车
里哼唧、发抖，边抖边哼，还往外
面看。

那是我们第一次离开它，留在它心
里的阴影。

对于我们，狗狗只是我们人生中的
过客。但对于狗狗，我们是它的一生。
很多相遇，其实并不简单，一定有
我们不完全知道的原因和意义。

爱她的好时光，
也爱她的迟暮季

我家另一个小狗叫淘淘，来了之后就是小霸王，霸道得不行，还觉得理所应当。

淘淘和 9Ball 是两只完全不同性格的狗。9Ball 看到我们对它这么好，会认为我们一定是神仙。淘淘可不这样想，它肯定想我们对它这么好，它一定是神仙。

淘淘小时候，火气特别大。家里来送水的、修东西的，它看到就会冲过去，头一歪，咬人家脚脖。因为它小，只会咬人家脚脖。

有一次，超市工作人员送东西来，我妈到门外把篮子接下来，给人家钱。它急着咬人家，没咬着。我妈关上门，把东西拿回屋里，它终于看到脚脖子了，上去就是一口。咬中了，它还抬眼凶狠地看，可一看是我妈，立马蔫了。

我有时会和淘淘打架，它会假咬。我不停地挠，它不小心咬到了，赶紧用舌头把手指吐出来。我把手递过去说，你咬你咬，它就躲。

淘淘越长大，越霸道。我妈把饭弄好了，淘淘一头扎进碗里咔咔地吃。9Ball 走过来闻一下，心想吃什么呢，淘淘就不乐意，示威。9Ball 就走开了，走开后很无辜地看看我们，再看看淘淘。

后来我妈买了一个像骨头一样的碗，心想两个狗可以一边一个。淘淘才不搭理，头在这边吃，屁股扭到那边，整个碗都给挡上，9Ball 只有在旁边等着。等淘淘吃饱，一起身，9Ball 马上过来，每次都是吃淘淘剩下来的，已经形成习惯了。

我家吃排骨，淘淘会在下面很主动地叫，它闻到味了，知道我们在吃什么。如果不给，它就边挠腿边叫，叫得连电视都听不见。我拿一个骨头给它，它跑过来叼到旁边咔咔地吃。这时的 9Ball 看着我，一副楚楚可怜的样子，好像说你给我也行，不给我也行。我爸拿一个下来，9Ball 过来闻，刚想叼走，淘淘看有新的了，冲过来抢，淘淘有了两个，9Ball 还是一个都没有。

我们一直觉得 9Ball 很可怜，可后来发现也不全是这样。

有段时间，淘淘特喜欢藏东西，给它一个骨头它也要藏起来。有一天我卧室的门开着，淘淘在门缝那用头顶什么。我推开门，淘淘傻了，退后两步，叼起骨头跑了。我才发现，它是在藏骨头，它本来觉得落地窗帘下面是一个很安全的角落，没想到门一打开完全暴露了，赶紧换地方。

我妈打扫卫生，在各种角落都会发现东西，可是之前没有啊，怎么回事。后来终于发现原因了。

我家有一个很高的沙发，淘淘的骨头、零食、娃娃全在沙发上，淘淘个头小，上不来。9Ball 的弹跳力特别好，能上来，它把淘淘喜欢的各种东西都叼上来，淘淘在下面气急败坏地叫，才拼命藏东西。

淘淘粗鲁，但没心机。9Ball 看起来很委屈，很单纯，但是有心机。

我和我妈一般喜欢在饭厅看电视，我们正看着，我妈要去洗澡。她走后，淘淘开始扒我，意图很明确，就是想让我抱它。冬天冷，我就把淘淘抱上来。9Ball 也过来扒我，扒两下，我看它，它伸个懒腰，一副"哎呀，

你抱不抱我呢"的样子。我说抱不了啊，只能抱一个。它看了我
一眼，然后我就没注意了。

一会我妈让我帮她拿个东西，我准备去，发现我拖鞋怎么少一只。
是不是我妈穿错了，不对啊，穿错也会留下她的一只啊。

我拿了东西给我妈："你穿了我拖鞋啊。"我妈说："没啊，我
穿你拖鞋干吗？"我一看，我妈的两只拖鞋确实躺在那儿。我妈
收拾好后问："你拖鞋找到了吗？"我说："没找到，奇怪了，
鞋怎么莫名其妙少一只。"我妈说："你确定你穿了两只？"我
说："当然了，冬天我还光一只脚啊？"

淘淘在沙发上，看着：发生什么事情了啊？ 9Ball 在对面，我看
了 9Ball 一眼，它站起来，尾巴是夹着的。

我问 9Ball："我拖鞋呢？是不是你拿了我拖鞋？"

它掉头就走。冲它那反应，肯定是它。我质问它，它躲在桌子底
下死活不出来。我走到这边，它就躲到那边，我去那边，它就躲
到这边。

我找遍了整个房间，最后在下地下室楼梯一个柜子旁边的花盆后
面找到了鞋子，9Ball 真会藏啊。

在我家，淘淘跟我妈姓，叫王淘淘，是我妈的小宝贝。9Ball 跟我爸姓，叫潘 9Ball，那可是我爸的心头肉。

我打电话给我爸："你们家 9Ball 干坏事了！"我爸问："啊？9Ball 怎么了？"我说："它把我拖鞋藏起来了！你知道藏哪儿了吗？藏在地下室花盆的后面了，我找了半个小时才找到。"

"真的啊？等我回来！你别吓唬它！别吓唬它！"我爸飞速从球

馆回来了，一开门，9Ball 赶紧眼泪汪汪地过去了。我爸一脸高兴：
"9Ball 你过来，你会藏拖鞋了啊？藏给我看看！"哎！应该是
教育它的，怎么变成夸了？

我爸宠 9Ball，我妈宠淘淘。他们俩还说一个是小公狗，一个是
小母狗。我爸说 9Ball 肯定看不上淘淘，淘淘那么难看。我妈说
9Ball 每天追在淘淘后面，淘淘都不理它。

很多人都喜欢狗狗小的时候，淘淘小的时候特别可爱，两个小耳
朵像小星星，小鼻子小黄豆那么大，粉红粉红的，像有嘴唇一样，
小尾巴就一个小尖尖。长大了，没那么好看了，尾巴也长，还得
给它剪毛，不剪毛就跟拖把头似的。

我看过在国外领养狗狗的时候，狗狗的项圈上贴有一些字，大意
是：你有你的家人，你的朋友，你的生活圈子，但我只有你。我
们总有老的时候，你能不能像对待我们小的时候那样，对待我们
老的时候。

我看着淘淘和 9Ball 一天天从最好的年华里迟暮下去。

狗狗的世界，一如人的世界。

爱她的好时光是不难的，谁不喜欢新鲜、光滑、亮丽、活泼，谁
会喜欢松弛、苍老？但是，憋着，忍着，也要爱她的迟暮季。因为，
她的那些好时光只给了你。

爱美之心，女皆有之。
你精挑细选的数也数不清的衣服，是你面对现实、
面对时光、面对孤独的铠甲。
一辈子所有的美，
不过是追求更好的自己。

3

原来
这也是你

爱美之心，
女皆有之

小时候，像每个喜欢毛绒玩具和芭比娃娃的女孩子一样，我对美有长长的向往，对属于将来的美更加渴望。叮叮当当的耳环总会勾起我抬头仰望。

但那时候，对疼的恐惧要大于对美的渴望，连想想打耳洞都觉得害怕。关于耳环的幻想与期待，就停泊在了我画笔下的古代仕女图中。

爱美之心，女皆有之。女孩子的很多勇气和好奇心，往往是被美激发出来的。

后来，当我摆弄起美美的衣服时，还是会觉得缺少点什么，怎么能缺少美美的耳环呢？在漂亮面前，那点痛算什么！

在一个风和日丽百事皆宜的暖晴天，我拉着"小老太"，

走进了一家"无痛穿耳"招牌饰品店，期待着那一份想见而未见的美丽。

尽管到现在我也不能完全理解文身、在耳廓和耳骨上打洞等行为，也没抵达用身体的剧烈疼痛来体验更丰富的美的境界，但我知道，有些美确实是属于痛的，而有些痛，也没有想象的那么痛，有的压根就没感觉。

后来，我就有了二进穿耳店的经历，而且没让"小老太"陪着，也没经过"小老太"批准。

"耳包不住洞"，在耳垂上面靠近耳骨的地方打的两个耳洞，还是被英明神武的"小老太"发现了，后果很严重。

"小老太"盯着我："你为什么，偷偷在我身上打洞？"我一看，机会来了："这是在我身上。""你都是我的。""小老太"原来早就下了套。瞬间就无语了，但是还想挣扎："就打这两个。""小老太"："不许再弄了！""金佳映这里有一个。"我指着耳廓说。"小老太"："不可以！""金佳映这里还有一个。"我比划着另一边说。"小老太"："不可以！"

后来，我就真的听了我妈的话，谨记"不可以"。不是不再追求美丽，而是学会了适可而止。因为有人比你自己更担心你，有人比心疼自己更心疼你，为了让那个人不担心、少操心，也要温柔地对待自己。

打耳洞的疼已然受过了，不能白白辜负这份疼啊。况且我最中意自己晶莹小巧的耳朵，当然要让它们好好表现了。因此，有时候小伙伴们能看到我戴了四件耳饰。

我的首饰盒里，珠子状、泪滴形、钉状、环形，白色珍珠、晶莹的钻、闪亮的银制品或金制品，像花园里的花一样奇异多姿，也如夜空下的星星一样闪闪发亮。

每一个耳环仿佛让我看到另一个自己，宴会上高贵大方，赛场上凌厉优雅，生活中简单活泼……

一个耳环，就是一种表情，它能告诉你我今天的心情。

一个耳环，就是一种美，它能告诉你这种美的形态和颜色。

一个耳环，就是一种选择，当你遇见它，你会知道这就是不同。

一个耳环，就是一个自己。一辈子所有的美，不过是追求更好的自己。

黑色蕾丝的
心动

世界上只有懒人，没有丑人，只有更美的人，没有不美的人。与梦想、成功和远方相比，美就在你的手边，更容易抓在手心里。

一个女生，至少可以让自己美一点。我就是如此，我的穿衣有我自己的理解，自己的喜好，自己的风格，很多人都说是"晓婷风"。

我偏爱带有流苏或花边的衣服，再加一点清新时尚的小点缀，一穿上就暖洋洋、美洋洋。在国内比赛，它们会影响我的出杆，只能忍痛割爱。如果去美国比赛，就可以随便穿了，因为在美国衣服碰球是不犯规的。

其实，规则并没有特别限制我的选择，最主要的还是穿着合身、舒服以及对美的要求。

比赛的时候，我比较偏爱黑色系，黑色带有蕾丝花边的上衣，一直是我的偏爱，在生活中也是我的"衣"上之宾。那一抹精心雕刻的黑色，会在不经意的一瞥中，让我心动不已。

当然，深颜色也更耐脏。如果是浅颜色，一不小心被球杆蹭脏了，就非常明显，看着脏兮兮的。

生活中，怎么舒服，怎么简单，怎么美，怎么好，我就怎么穿。一件率真个性的 T 恤，搭配一条简单的牛仔裤，一身邻家小妹妹的装扮，自在惬意，尤其是白色款的 T 恤，更是百搭。

一条补丁或绣花的牛仔裤，静也静得，动也动得，率真洒脱，自由自在，无拘无束，仿佛从西部的草原和白云间走来。它不会被时间轻易洗旧，也非常懂得跟"姐妹们"和谐相处，混搭裙子、休闲针织衫，甚至蕾丝上衣、小西装都是无懈可击的时尚范儿。

以前我很少穿裙子，最近几年穿得多一点。一件拖地的长裙，搭一件小外套，太方便了。裙子我喜欢经典的、经得起时尚潮流更新的款式，像奥黛丽·赫本的"永远的小黑裙"，裙摆有一点蓬蓬的，非常公主范儿。

很多人都不知道，我还有一个特别的喜好：穿童装。去国外时，我经常会去淘一些很别致的童装款，贴合我的心态和体型，在很多场合也可以有效防范撞衫。

我喜欢不同风格的衣服，训练和比赛霸占了我太多的时间。每次训练和比赛都很辛苦，神经绷得紧紧的。比赛之外，我想多一点新鲜，多一些不一样的元素。

在不同的衣服中，我走出了我的世界，走进了青春的青春里。

小时候，我非常喜欢手工，我会把芭比娃娃的长头发剪成短头发，再剪成蘑菇头，就是那个时候非常流行的"郭富城头"。结果娃娃的头发很硬，全部竖起来了，我觉得不好看，又把她剃秃了。

折腾到最后，我拿起我妈的绣花线，给她缝了个绿头发，才发现原来我喜欢的是这个发型。

长大后，我开始 DIY 衣服，以前学的美术，终于派上了用场。有一次比赛，我把一件非常普通的高领短袖做了一个闪亮的肩章，既时尚环保，又旧衣新穿，一出杆，云淡风轻。

对于衣服的品牌，我不会特别在意，适合自己的才是最好的，适合自己的才是品牌。每次出去买衣服，我都会想，这个比赛穿会怎么样。如果适合，衣服又可以改，我多半会买。

我买过一件小裙摆的衣服，很可爱，只是衣服上钉的珠子有点别扭。我就把珠子换成方形的小钻，缝了三排小肩章，一下子美进心里。

如果牛仔裤膝盖磨破了，我会找一小块布衬着补起来，一个自己动手、简简单单的补丁会让一条牛仔裤有了特别的记忆和味道。

你不一定要屈从，但要懂得时代和流行。你不一定要特立独行，但要有自己的风格。你不一定要影响世界，但要绽放自己。

你精挑细选的数也数不清的衣服，是你面对现实、面对时光、面对孤独的铠甲。

足尖上的玫瑰

一双鞋子如果有一个故事，一定不会是萍水相逢的故事。

因为，你不会轻易留意到另一个人掩映在衣丛中的那一双鞋。你会看她的发型、首饰和衣着，你会看她的眼睛、表情和体型，只有你还想看下去，还想了解下去，你才会看到她脚上的心思。

鞋子，是你精心打理完全身之后，最后想表达的，最后想倾诉的，像是晚餐后的甜点。

所以，你鞋柜里的鞋子，一定少于你衣橱里的衣服。

如果你特别爱美，你一定非常在意你的鞋子。无论全身上下多么完美绝配，一双"穿帮"的鞋，会瓦解你所有的努力。

即使你简简单单，随随意意，一双特别的鞋，也会让你与

众不同，步步惊心，留住很多人的目光。

鞋子的世界，千变万化，潮来潮去，你要的是能为你的态度和心情作"嫁鞋"的那双。

一双合脚的高跟鞋，既舒服，又好看，何乐而不为？一双高跟鞋能穿得风生水起，优雅高贵，回眸百媚生。一双平底鞋，简单低调，却也柔软有力。

高跟鞋的大气磅礴，平底鞋的从容淡定，尖头的嚣张俏丽和小圆头的温婉动人，总有一款适合你。

女生的心情，像森林里的树木，也像天上的星星，让不懂的人眼花缭乱。

当我出席活动和宴会，一双黑色的高跟鞋，神秘优雅，会撑住我走过一双双陌生的眼睛。

当我站上赛场，一双闪亮的黑色小皮鞋，倔强执着，会守护我踏过风浪和起伏。

当我穿越城市和人群，一双粉红或黑色高帮帆布鞋，体贴周到，像亲人一般陪伴着我。

走进我自己的世界，一双无敌葡萄小拖鞋在夏天里带来清凉，一双绒绒厚厚的棉拖会果断把冬天关在门外。

在所有的鞋子中，我比较钟爱的是圆头的带一点跟的帆布铆钉鞋。它们轻轻的，悄悄的，有一种接近自然的感觉。而且它们特别百搭，穿起来很有感觉，也显得脚小。可以搭配牛仔裤，随意洒脱，随时都可以来一次说走就走的旅行，有一种在路上的感觉，还可以搭配短裙或者短裤，穿出青春的色彩斑斓。

我的鞋柜里，永远少一双鞋子，我对它们有着近乎偏执的爱。

青春里任何一场重要的约会，你都会精挑细选一双打动你的鞋子。

你的发型，你的衣着，你的首饰，除非站在镜子前，否则你无法完整地看到。而一双鞋子，你只要一低头，会时时刻刻让你看到自己，时时刻刻让你想起你要的。

你要让自己自信，让自己有好心情，让自己穿起来温柔舒服，鞋子合不合脚，只有自己知道。

无论你走到哪儿，你足尖上的玫瑰都会把你的气息带到哪儿，包括遥远的心里。

"享瘦"
那点事

阳春三月的阳光，新鲜而脆嫩，好得让人不忍心，让人想停下来，把自己轻放在那片暖暖的漂浮里。

跟小伙伴们吃完午饭，身旁的姑娘一脸单纯地问："晓婷姐，你在掐着卡路里吃饭吗？中午怎么吃那么少？"

虽然没有计算卡路里，但在阳光加满能量、万物猛长的春天，我必须省着吃啊。三月不减肥，四月徒伤悲。

小姑娘肯定不知道，每年春节过后，都是我雷打不动的集中减肥期。

因为，一到过年，各种小时候才能吃到的好吃的，都排着队上桌了。人也彻底放松不管不顾了，完全没有控制饮食的机会。过完年，清醒过来了，后悔了。记得 2012 年春节

前鄂尔多斯比赛时我净重88斤，春节后，一下子飙升至百了。好女不过百，让我情何以堪！

你就是再把减肥当回事，老爸老妈也不当回事。

我妈从来不觉得我胖，我爸就更不会觉得。他们常挂在嘴边的话是："你都瘦成什么样子了？""你看你那张脸，你看你那鸡爪！""赶紧吃！"

我又是特别听话的好姑娘，无论多么激烈的瘦身冲动，只要碰到他们，就孝顺地退回来了。

"快吃快吃，不能剩。"我妈最讨厌我剩饭。我们家的规矩是，给你盛多少，你就要把它吃光光。我必须吃到碗里一粒都不剩，心里才踏实。一不小心有一粒米饭吧嗒掉桌子上，我就很纠结，这是我的啊，我是吃了呢，还是扔了？先假装不看了，过一会儿还是忍不住看一眼，最后还是夹起来吃了。

偏偏我又是那种胃口特别好的，吃饭很难控制到七分饱。很多时候，多吃了一口，就突然发现顶到了。我不是要吃到七分吗？怎么多吃一口，就十分了？

要想减肥，即使老爸老妈不当回事，你也一定要当回事。

在家里，想通过节食减肥真的有点困难，但只要一出去比赛和参加活动，吃还是不吃，吃多吃少，完全我说了算。

我的减肥，也不是刻意节食，让自己瘦成一道闪电，但是一定要努力让自己保持一种少食的状态。

如果碰到高强度比赛，马上注意力就转移了，一场大比赛打下来，人就瘦了下来。努力工作，努力上进，有助于减肥，这是工作独属于女生的意义。

我有时会临时决定晚上不吃饭了，将减肥进行到底。我的目标是让"想瘦"变成"享瘦"，像睡觉、美容、打球一样，成为我自己的习惯。

很多事成为习惯就不难了。比如，我习惯跟心中"肥"的标准留上好几斤的余地，即使一个年过完，发现多长了几斤，临时痛下决心，也能减回来。

前段时间在网上看了一个帖子，讲的是有些事现在不做，一辈子也不会做了，里面就有减肥这件事。看过之后，我有了小小的尖尖的感悟。青春之好，在于还有好多好多来得及做的事情，你放过了，会后悔很多次。你错过了，再想遇见就难了。一旦你做到了，那就是独属于你的经历、你的生活。

一个女生，需要一片安静的世界，让自己不放过、不错过那些美。

逆时光的皮肤

女生都很在意很在意自己的皮肤，一白遮三丑，好的皮肤能让自己一下子加上好多分，谁不心动呢?

有的女生，身上的皮肤又白又光滑，唯独脸上的皮肤粗糙，如果你是这样的女生，你肯定觉得自己好亏。有一些女生，身上的皮肤像是小狼牙棒，但脸上的皮肤水嫩水嫩的，如果你是这样的女生，你肯定拍拍胸口："真是侥幸!"如果你脸上的皮肤和身上的皮肤一样光滑嫩白，那你肯定很得意了。

好皮肤让你百看不厌，那是一种只要你一想起来就会很享受的好感觉。

我有一些私房护肤小秘密，而且到目前为止，我还属于第三类皮肤，跟着我去看看好皮肤去哪儿了。

不要过于相信自己的皮肤，就算你天生丽质，只要不注意，很快你就会后悔的。一定要勤于护肤。

每天都要清洁皮肤，选好适合自己的洁面乳，深层清理脸部，让皮肤干净清爽。清洁之后，要跟进补水，挑选适合自己肤质的化妆水和乳液，让肌肤喝饱水，水润光滑。可以在包包里常备一瓶补水喷雾，随时随地让肌肤保持水润。

外出，要记得涂隔离霜。一方面，时时防止辐射，就算是在飞机上也会有辐射，一般坐飞机，我都会涂隔离霜；另一方面，防止晒黑，紫外线简直就是美白皮肤的"天敌"，只要出门，我都会用防晒霜。

卸妆很重要，常年带妆对皮肤是很大的损伤。睡觉前，我会严格卸妆，先为眼睛、唇部卸妆，再卸脸妆，最后做好深层清洁，一个都不能少。

再忙也要做个面膜，尤其是长途奔袭到达目的地的晚上。我一周会做四次面膜，富含植物精华的面膜会让皮肤饱满富有弹性。很多人觉得麻烦，我也会觉得麻烦，但一定要让自己坚持住，因为懒是美白皮肤的另一个"天敌"。

好皮肤也是吃出来的。果蔬中的维生素 C 是肌肤最完美的美白元素，像草莓、奇异果、芭乐、番茄、柠檬等就富含维生素 C，白菜、洋葱、萝卜对于褪黑色素有很好的效果，玉米中的胱胺酸含量丰富，能有效防止紫外线晒伤。

我喜欢吃橘子、哈密瓜，不喜欢吃苹果。对付不喜欢吃的水果，我的解决办法是榨成果汁，喝下去。

一般下午在家，我都会喝各种果汁。榨番茄汁，加点糖，咕嘟咕嘟喝完，再榨橙子汁、猕猴桃汁，喝起来很惬意。

很多人都说，美人是睡出来的。其实，不仅美人是睡出来的，地球人都是睡出来的。我的工作经常要穿梭于各个城市，很累很疲倦。即使不比赛，我也要练球，从上午十一点一直练到晚上十点。但是，就算再忙，我也要挤出时间，让自己尽量睡饱，睡饱比吃好更重要。

比赛的时候，我一般提前两个小时起床，精心打扮自己。早晨有多少时间就能花掉多少时间，起来得再早，也依然是慌慌张张的。我是属于不把自己收拾好了，就不出去的类型，金佳映跟我恰恰相反。我们出去比赛，我一般比她早起一个小时，差不多收拾好了再叫她起床，她每次只稍微收拾一下就出门了。我们出去逛街，她能洗把脸就出门，我真的没办法像她一样洒脱，我必须得折腾点什么。

有时候，我下定决心，今天什么都不收拾。可看金佳映还没收拾好，我还是会忍不住再收拾几下，几乎每次都是这样。

这也让我练出了一套本领，我每次比赛的妆、发型和衣服，都是我自己动手的，不用化妆师，也不找别人搭配衣服。我偶尔还能客串下我妈的发型师和形象顾问。

有个姑娘告诉我，北京地铁上经常看到一个广告语"不美不活"。我也有这样的心态，可能每个女生都有这样的心态。

我相信，世间所有好的东西，都不是容易得到的。好皮肤不是想出来的，不是等来的，也不完全是生出来的。好皮肤一定是呵护出来的。

如果你很懒，你怎么能要求自己的皮肤勤快。如果你很脏，你怎么能要求自己的皮肤干净。如果你很粗糙，你怎么能要求自己的皮肤细致。如果你不愿意付出，你怎么能要求自己的皮肤付出。

奋斗吧，让你的皮肤逆着时光走，做一个敢白敢嫩的女生！

停下时，
才见生活

当秋天的风且行且近时，一片孤单飘落的树叶，从我的肩头滑落至脚边，又跌跌撞撞向下一个街口、下一段旅程流浪。也许它一直害怕这一天，也许它一直等着这一天，也许只是也许。

雪季如约而至，每一次都会像上一次一样温柔地打动我，我是一个容易被打动的人。雪花从天空跳下，漂流，舞动，蒙上我的心又松开，照亮我满头的长发和干净的指甲。

季节变换，城市变换，容颜变换，变换中始终有一个我，站在生活的角落里伤感着、温暖着、渴望着。

有很多人问过，也有很多人猜过，比赛和一堆活动之外，生活中的我会是怎样张牙舞爪的？其实，我的生活，一如你的生活，我们之间并没有太远的距离。

世界虽有万种职业，却只有相似的生活。职业可以门庭若市，可以寄人篱下、看尽脸色，可以后宫甄嬛，可以铜墙铁壁，可以金碧辉煌，但生活没必要。所以，在生活中小魔仙一定会脱下艳丽的变身服装。

我们总是在时光中漂泊，从童年漂向青春，从青春漂向不再青春。

生活，就是此世此时漂泊身心的安顿之所、栖息之所。

台球世界是被规则的，没有办法，没得选择，因为我走的就是这条路。路，却不是随随便便就能选择的。我必须掩饰自己的情绪，

掩饰自己的冲动，掩饰自己的幻想，不在赛场上，去想一片云、一棵树、一条街、一口辣辣的毛血旺。

从比赛回归生活，我渴望轻松一点、无厘头一点、压力少一点，想想什么就想什么，想干什么就干什么，尽量以自己的心为中心。我特别理解，为什么很多指点商海江山的大佬、很多亿人追捧的笑星，在生活中是沉默寡言的。

我从小好动，喜欢模仿，不仅模仿我遇见过的对手说话的声音，还模仿她们伏案的动作、打球的神态、走路的姿势。凯利·费雪、金佳映和凯伦·科尔，甚至是我的偶像艾莉森·费雪，都是我"恶模"的对象。我最擅长模仿小魔女金佳映，金姑娘球风剽悍，生活中活脱脱一个"小太妹"。如果这样一个我站在你面前，你肯定会大跌眼镜：啊，原来这也是晓婷！

模仿，是我招牌菜，这道菜中，我能体会到不同的心情，不同的快乐。

没有比赛、没有活动的时候，我会睡到自然醒，看场电影逛个小街。如果跟我妈出去逛街，一定要预约，因为常常有麻将局在等她。

或者干脆睡个长长的懒觉，再趿拉着棉拖，抱个靠枕，变换着各种姿势在沙发里看电视剧，最喜欢看的是韩剧和悬疑侦探剧。当

Xiaoting
Pan

警察，尤其是那种冲在一线的飞虎队，曾是我小时候的梦想。长大后，我只能在电视剧里过把瘾了。

我是一个乖巧的女儿，一个贴心的闺蜜，一个痴迷韩剧的姑娘。对我而言，生活是一个暖晴天日出东方、唯我"被窝"时的慵懒，是连绵雨天窗前一丝剪不断理还乱的惆怅，是一双软软的棉拖，一个厚厚的靠枕，一个长长的下午。

当然，生活也不仅如此。电影《环太平洋》里有一段话：如果明天是世界末日的话，你是希望死在工地上，还是死在战甲里？如果是我，我活要活在战甲里，死也要死在战甲里。小小的我的心里一直跳动着一个小宇宙。

比赛时，你需要把别人打趴下，出来混，总有人要趴下。你必须学会竞争和奔跑。

生活却完全不同，不能全是高大上。你要慢下来，从远方走向近处，从物、事与世的围城里走向自己，感知一滴水的柔润，一片叶子的清亮，一句话的温度，一个背影的牵挂。

停下时，才见生活。

Xiaoting
Pan

青春，只给了我们初见的机会，

这一切不会再来，不会再走，不会再见。

也许我会跋涉更远的地方，也许我会成为更好的自己，

也许我会走进不同的世界，

也许我会遇见那一片更好的时光。

一切都是
最好的安排

不是每一场戏
你都是主角

一个人，在遇见更好的自己之前，在所有必需的努力之外，还要学会等待，学会从今天面对并走向将来。

你不怕未知，因为已知的、拥有的东西本身就不多。你不怕受伤，因为时间给了你愈合的时间，也给了你宽容自己的时间。你不怕孤独，因为你习惯了把心事锁在日记里，把明天放在自己的想象里。

但你怕等待，怕把未来的某一天强加给今天，怕所有的努力只能用一个结果来证明。

而你，又必须去等待。因为，青春只是人生的开始。

等待，并不是让未来的某一天遮住今天。站在今天，我过的就是今天，而不是十年后、二十年后、三十年后、四十

年后、五十年后，甚至下辈子的那一天。

如果只争那一天，有多少个今天会被漫天的黑色遮住。从那一天中解脱出来，会换回多少个蓬勃明亮的今天。

如果我一开始就奔着冠军去，肯定走不到今天，我无法顶着那么远、那么重的压力面对挫折和失望。我所做的，不过是尽力做好自己的每一天，把位置放低，把心态放缓，把今天放在今天，把将来放在将来，在等待的岁月里静静等待。不是每一场戏你都是主角，因此要在不是主角的戏里当好配角。

我经历的很多比赛，甚至是冠亚军赛，都是在没有信心的情况下打出来的。如果太有信心，很多球就想拼，可攻可防的球就去攻，失误无疑会大大增加。

放低自己，我反而成为比赛型选手。刚到北京比赛，开始不敢跟人打，半个月之后，我可以挑人打。刚开始总觉得自己是局外人，慢慢融进了台球的舞台。

面对等待，面对梦想，面对未来，我想好的心态，是从虚妄、过度的压力、欲望中解放出来，做一个能感知五味、感知冷暖的自己。

从我起步开始，我不是靠第一的心态走过来的，我要给自己一点可以回旋的心理余地和空间。心态没摆正，首先就输给了自己。我可以输气势、场地、实力，但不能输心态。

不要因为等待而抱怨，你是为了更好的自己而等待。

不要因为等待而蹉跎，你是为了更好的时光而等待。

不要因为等待而颓废，你是为了更好的人生而等待。

不要因为等待而放弃，等待的意义便是等待，把该等的等过去，把该承受的承受完。

有一个可以等待的明天，已然不错。更重要的是，或许不是你在等一切，而是一切在等你。

我可以
飞得更高

过去，是走过和停落的地方。天空，是挣扎和飞翔的地方。

曾经以为，这就是我要停下的地方了，听一片片花开的声音，看一幕幕春去春又回的风景。曾经以为，天空太蓝了，白云压着我的翅膀，我不能飞得再高了。

2007 年和 2008 年我的成绩非常好，每年都拿两个世界冠军。2009 年我开始不满足现状，总觉得目标应该更高，要冲破每年两个世界冠军的纪录，所以给了自己好大的压力，结果 2009 年没打好。按以往比赛的惯例，我只要进前四，95% 以上的机会会夺冠，我的人生中基本没有亚军。2009年我几乎把所有亚军都拿了。

虽然我拿了四个亚军，但是我觉得我的水平比之前都要高，稳定性也比其他人好。

在决赛前的比赛里，我打得随心所欲，球杆就像魔法棒，要球走进圈里，球绝不敢跑到圈外。可一到决赛，我就犯傻了，大脑空白了，身不由己了。前面是正常的心态，到决赛我就"变心"了，相当于拿了别人的心态和技术在打，那不是我自己的。

第一次没打好，拿了亚军。第二次我想已经错过一次机会了，冲进冠亚赛太不容易，毕竟是世界级别的比赛，不能再失手，一定要拿冠军，结果又没拿到。第三次心态更差。第四次还是差。

但每次跟我打冠亚赛的对手都不一样，四次冠军都不是同一个人，而亚军都是我。到年底我还是排第二，如果最后一站比赛我拿冠军，就能排第一，但最后一次又拿了亚军。那一年全是老二。其实，只有很小很小的差距，但是差一点，就是差一点。我觉得我输给自己了。

看着街上，从人潮涌动到风静人稀，一个路灯呆望着另一个路灯。看着低垂的天空，雨水从天空零落，与绿叶、泥土和鞋底纠缠，我知道我开始迷失了。

逆境、低谷，就这么不懂得怜香惜玉，在我面前挖了一个坑，叉着腰看我掉下去。一大团黑暗像棉花糖一样缠住了我。

我闷了大概有一年。那会，媒体关注的是冠军是谁，没人关心亚军是谁，没人知道我拿了四个亚军。大家觉得你一年没拿冠军，成绩好差啊！是不是没练球？是不是活动太多了？是不是压力太大？还是你想退役？反正就是各种各样的说法。我想说你们有没有真正关心台球？我拿了四个亚军你们不知道啊？我是自己输给自己的，不是输给别人的。

有时候特别想跟人家辩解，又觉得没什么好说的，运动员只能用成绩说话，用嘴巴辩解谁愿意听？2010年比赛打得也不是特别理想，连亚军都拿不到了。稀里糊涂就到了亚运会，我觉得肯定赢不了，因为自信心已经完全被击碎了。

我本身就不属于自信心很膨胀的人，比如自己会给自己很多信心，觉得什么能可以搞定，可以做到。我给自己的压力本来就挺大，更何况已经到低谷了。很多亲人和朋友开导我："放心，输多了就不怕输了！"但我不知道接下来是不是还要继续输下去。

亚运会前开始集训，我的神经特别敏感，觉得所有人都认为我是过了气的冠军，觉得别人用很异样的眼神看我，所以特别抵触媒体采访。

有很多媒体问："你对这次亚运会有什么目标啊？有没有信心？你2006年亚运会拿了两个铜牌，这次希望有什么样的突破？"

我特别怕回答，怕媒体，也怕我的"冰糖"（粉丝）。去集训不准有人跟着，助理不在身边，爸妈他们都在上海。有一天，助理打电话跟我说："有球迷寄过来的视频，我看了，很好很感人。我要不要发到你邮箱看一下？""别发！比完赛再说。"那时候，我是什么事来了都不想听，也听不进去，把自己绷得紧紧的。后来才知道，"冰糖"们知道我压力特别大，花心思录了一个视频，录完之后统一发到"冰糖"的头头那儿，让他合并成完整的视频。内容大致是：我是来自哪里哪里的某某某，是忠实的冰糖，支持晓婷姐很多年了，亚运会你放开去打，不管你取得什么样的成绩，我们都是最支持你的，你在我们心中是最棒的。就算是后来看的，我也好感动。

集训时，我们住的房间没有窗户，里面黑咕隆咚的，两个人一个房间。以前心里特压抑、郁闷、压力大的时候，可以给家人或助理打电话倾诉，但那次两个人面对面窝在一个小房间里，没空间打电话。

干脆我把自己想象成来清修的。本来衣服可以送出去干洗，我决定自己洗，手刚好又过敏，一手湿疹。我买来胶皮手套、洗衣粉，在房间里拼命洗衣服。盯着洗牛仔裤的蓝汪汪的水一遍遍变淡，倒要看看本姑娘到底能承受多少。衣服洗完了只能晾在房间里，整个房间挂满了湿漉漉的衣服，没有窗户，又暗又潮。听着滴答滴答的滴水声，我特别想哭。太累了，太痛了，太屈了，又不能让同住的小姑娘看到我哭，所以死劲抓住被子，各种憋着、忍着。

进了亚运村，看到高的、矮的、胖的、瘦的运动员进村，有各种新鲜感可以转移注意力。看看食堂在哪儿，多功能厅在哪儿，休

息区在哪儿，比赛场地在哪儿，紧张感暂时忘记了。

第二天又不对了。有个项目的比赛特别快，一个早上冠亚军就角逐出来了。看见有人拿着花，有人拿着吉祥物，有人拿着金牌，我一下反应过来了，难道我又是来打酱油？接着，斯诺克的比赛开始了，看到斯诺克选手拿了冠军，站上领奖台，我站在旁边都要哭了。

第三天就轮到我们比赛了，十几个拿过亚洲冠军的世界级选手争夺冠军，我觉得像中彩票一样，好难啊。刚好有个运动员说了一句："明天就要比赛了，早死早投胎！"我想，对，早打完早回家！

比赛前我爸妈要去，他们俩要去之前，我又一顿纠结，千万不要和我讲一些比赛之外的事情让我操心。

我爸给我打电话："我们打算去广州看你比赛啊，你能不能弄到票啊？"我当时就火了："你去找别人要票好不好！"我爸挂了电话就和我妈说："发火了！"我妈问："为什么啊？你说什么了啊？"我爸说："我让她给我要票。""你找她要票干什么啊！？你是不是有毛病啊？你就不能找别人要啊？你认识那么多人，为什么找她要啊？她现在压力这么大！"我妈也火了。我爸说："其实我不是想跟她要票，我也不知道怎么就跟她说要票了。"

过一会我妈打电话给我，我正心烦："你又干吗啊？"我妈说："你想不想我们去？你不想我们去，我们就不去了。"我说："没事！没事！你们想过来就过来吧。"没两天，我爸又给我打电话："我们到广州了。""哦，到了啊。我在集训的地方，没有外出时间，也没有访友时间。怎么办？"我随口又问，"票搞到了吗？"我爸说："没事！你不用管我们，不用操心，没有票我们就在酒店看电视。""啊？上海不能看电视？要跑到广州来看电视？"我对我爸发了一通火。我爸就和我妈说："要不我们走吧。"

那时候，我整个人绷紧到极点，给一点火星就燃。我爸极力避免我的着火点，越小心，越容易说错话。

亚运会冠亚军比赛，开场我连下3局，打到4比1时又胡思乱想了：如果这样就赢了，也太平淡了，怎么激动？刚想了一会，就被对手追平了。

我强迫自己，把心收回来，忘记这两年来弥漫的黑色，忘记对手，忘记赛场的人群，忘记这偌大的世界，忘记那些担心的、委屈的、想辩解的。第11局，我以6比5的微弱优势领先，最后一局幸运地打中了黑球，拿下对手，夺冠。

原来，我可以飞得更高，像飞机滑翔、加速，经过剧烈的震动、强大的压迫，然后看见白云之上。

Xiaoting
Pan

私人定制的
结局

每一个故事，每一段旅程，都有一个或好或差或不好不差的结局。构成你人生的，不是哪一个结局，而是从童年向青春和不再青春一直绵延的一连串结局。在匆忙的奔波中，在滔滔人海的角落里，在等待梦想的潜伏前，它们包裹着特别的记忆和情感，像秋千一样悬在你的心上，随风飘动，随光闪烁。

十几年来，我打过多到自己都数不清的比赛，并且随时准备着下一场比赛，这种感觉就像十几年来每年都在高考。每一场比赛，纠结的始终是那一个结果，想不在乎又偏偏在乎，想放下又偏偏逃不过，想算了吧又偏偏算不了，想不计得失又偏偏会心痛。

有时我会想，我要不要这么苦啊，要不要这么累啊，很多事情都不需要经历这么多瞬间即见得失的残酷，而我不仅要经历这么多，还要在大庭广众之下展示，谁受得了啊？

所幸，我一直还在路上，一直有机会选择我的路，而不是这条路选择或不选择我。

以前我不明白，为什么很多英雄大侠被逼到无路可走时，死也要站着？后来我才明白，那是他们选择自己命运的姿态，要自己选，不要被选。

为了结局，为了选择，我要 Hold 住。

一件事情的结局会怎样，不在结局的那一刻，而在于你与结局相对的那些无言的日子里。你怎样对待它，怎样去想，怎样给自己上这堂课。

台球跟其他运动不一样，像乒乓球、羽毛球，就是给你一个直接反应，来了你立马回，没有时间给你去想。台球给了你充分的时间去挖空自己，去思考分析，也给了你更多的时间去胡思乱想。它可以让你很强大，也可以让你击垮自己。

因此，在对手出手和你等待出手的那段时间里，你去想什么是非常重要的。

比赛时，不可能有教练坐在你旁边指导，只能自己给自己当教练。我曾遭遇过先大比分落后，最后逆袭胜出的比赛。抢9的比赛，我5比0落后，对手什么球都能进，完全没有失误，根本不给我机会。我当时在想，不要给我机会，你能打我5比0，我也能打你9比0。如果换一种想法，完蛋了，对手打这么好，就可能是不一样的结局。

有时候，我觉得过程很艰难，自己抗不住了，特别是8比8比赛决胜盘的时候。我想，该是谁的就是谁的，不是你的，你再强求也没有用。两分钟后就见分晓了，再辛苦，也就两分钟了，两分钟后我就可以回去吃好吃的，看《秘密花园》了。

比到最后，技术已不重要了，要看你怎么安静自己的心，把自己平时练的东西拿出来。虽说是两分钟，但你也要一颗球一颗球地打，不能说打不进也没有关系，不能给自己留后路。

亚运会比赛是不限时的。2010 年那场比赛，我打得很慢，不是擦杆的过程慢，而是我想的时间长。比赛中会有很多小的细节会干扰到我，这些干扰只有职业选手和教练才能发现。有时候对手会有心理战，比如我要打了，对手故意在动，故意发出声音，我就转一圈再转一圈，让裁判擦下球。我很怕球沾上巧克，如果因为这种失误而影响了比赛结果，我是不能接受的。等擦杆擦完了，喝水喝完了，百分百能把球打进时，我再打。

每一场结局，不论结果如何，我对自己都非常严谨苛刻，一定要到自己认为万无一失时才出手。如果哪个球失手没打进，即使过了很久，只要想起来，我的心还会突然紧一下。

一颗糖果的味道，藏在了你没看到的地方：是谁用什么样的调料和什么样的工艺造了它，你又在什么地方恰巧买到，以什么样的心情剥开它扔进了嘴里。

结局，可能是金榜题名、世界冠军，也可能是功亏一篑、千年老二。不管世界如何改变，你会有一个属于你自己的结局，看起来是命运扔给你的，实际上是你在漫长的岁月里给自己定制的。

回到
最初的自己

江湖永远是变化的，没有止境，像田野里的花，一朵朵开过，又一朵朵新生，一朵朵馨香。只要往前走，就会遭遇新的障碍，走进新的困惑，也会抵达新的地方，走出新的感悟。

2013 年，对我来说是很特殊的一年。上半年我给了自己好大的压力，结果打得一塌糊涂，下半年又从很低的地方重新走上来。

从年初开始，贺岁杯、安利杯、世锦赛等各种比赛接踵而来。我想起以前成绩好的时候的状态，每天除了吃饭就是比赛，完全没有杂念。我决定尝试回到五年前，把所有能推掉的活动全部都推掉了，全身心投入练球。我想看看我的能量到底有多少，是不是如我所想，只要付出越多，就可以得到更多自己想要的。

我找了新的教练，教练特别严格。我早上十一点过去先练基本功，练到下午两点，然后跟教练对抗，对抗的强度非常大。

教练的实力是世界顶级的，跟他对抗，我很难等到机会，好不容易等到了机会，却抓不住。人有的时候就是这样，面对强压，你的竞技状况和手感完全没有了。全是大比分落后，打到我连信心都没有了。我上不了场，一上去就解球，看不到球。好不容易有个半场球，即使很简单的球，我也打不进。

Xiaoting
Pan

教练说，要的就是这个效果，你一定要经历这个过程，才可以变得更强。真正的比赛，有时对手一直不给你机会，你一直没机会，就没有上手的手感了。对手突然给了你一个很容易的机会，你也打不进，吃不光。

经过这个阶段，我感到了变化，就算是很难的情况下，得到一个不容易的机会，我也不会手软。

但是，两个星期练下来，我的身体吃不消了，浑身上下没有一处不疼的。我趴着练基本功的时候，完全是实打实在练，又要对抗，从早上十一点一直练到晚上十点才回家。回到家什么都不想做，就觉得自己像是被人打了一顿。

之前，我身体的疼痛主要集中在颈椎、右肩、右边的肩胛骨、腰部、右侧的坐骨神经，这次练得我左边的肩胛骨也疼。因为一直趴着，左手要用力，身体会往下压。那段时间，隔一天我就要去按摩一次，让身体放松后，才能继续练。

也就是那个时候，我发现比赛时压力稍微大一点，我的手就会抖，这是以前从来没出现过的情况。并不是我有多紧张，心理上有多大压力，而是我的身体支撑不住了。比如，打最后九号球的时候，白球够不到，要抬起一只脚去够球，那一刻从头到手都会抖。

可是练习这么多，我在比赛中反而越来越发挥不出来。因为我的心态没办法平和，我觉得练这么多，再拿不到冠军，太对不起自己了。所以每次一下去，我就跟自己说，要对得起自己，一定要打好。结果反而变成各种乱失误，各种乱晃。

七月份世锦赛打完之后，我真的不想再练球了，成绩也没有多好。以前只要练多一点，肯定会打好，现在我练习这么多，却打不好，难道说真的打不上去了？

我觉得已经练太多了，练恶心了，就不想看到球，不想说球。我妈早上起来问："今天去球馆吗？"我说："不去，不去！"第二天，我妈还问我："今天去球馆吗？"我还是回答："不去，你们去吧！"

整整两个礼拜，我就是不想想到球，一个人窝在家里看韩剧，把《秘密花园》重新找出来看一遍，即使再看，还是哭得一塌糊涂。

紧接着是成都冠中冠比赛，我只准备了一个礼拜，每天只练两三个小时。我让自己能找到手感就好了，不要练到身体紧绷，尽量让自己对球有一种新鲜感。当你每天面对一样东西、重复一样东西时，自然会枯燥，会觉得没什么新意，激发不出任何新的激情。

好一段时间没打球，又是在比赛前才开始练球，我对自己已经没有要求，都没练习，还要求什么，只要打得不难看就好了。

没想到，重回赛场，我突然找到了一点点奥沙利文打球的感觉，很快，很流畅，仿佛回到了起点。进球是第一位，不要求多完美的走位，多精准的细腻度，先进再说。一杆一杆越打越顺，一直赢，一直赢，最后拿了冠军。观众也看得出来，我真的是在打球，是在表演，跟其他选手的状态不一样。其他选手都紧绷着，我从头到尾都没想法，简直是外星球打法。

比赛之后，我对自己有了重新的认识。毕竟练了这么久的球，在基本功各方面花费的时间和精力都够了。只要保持这种稳定性，让自己对球充满新鲜感，让身体跟心态协调起来，比赛时就能做得更好。因为人的斗志不可能一直绷在最前线，也绷不了那么久。

大赛之前国家队会组织集训，也会组织队内对抗。平时我都是自己练，自己跟自己打。突然有队内对抗，感到新鲜，把十二分的精神全都拿出来，竞技状态非常好，直接打败男选手，拿了队内对抗冠军。但是，一到真的比赛，那种新鲜感和激情提前用光了，反而打不好。

2013 年上半年和下半年的区别，并不在于我技术上有多大变化，而在于状态的变化。比赛比到最后，实力都已差不多，再比下去，就是心态和状态。

我突然明白，从一个状态到另一个状态，从一个境界到另一个境界，并不是一直往前冲，并不是一直给自己塞更多的东西，也并不是一直付出。相反，需要在某个时刻，停下来，放空自己，等风来，等雨来，回到最初的白己。

人生若只如初见，有陌生的新鲜、吸引，而无相熟之后的疲倦、无趣，当有多好。可偏偏有一个"若"字，也幸好有一个"若"字。

逆转王

2013 年，成都冠中冠比赛夺冠，成为我个人的第十个世界冠军，之后我被很多人称为逆转王。

比赛中，有一场是我跟韩雨打。韩雨近两年进步非常快，2013 年又夺得世锦赛冠军，比赛的稳定性非常好。打冠中冠是她势头最旺的时候，也是信心最强的时候。韩雨一直领先我到 6 比 3 时，犯了一个不算失误的失误，才被我反赢了。

其实那会她手感很好，球也不难打。我们在比赛中常常会出现一个状况，当胜利在望，你百分百集中精力要打一颗球的时候，脑子里突然闪过一个念头，影响了你送杆的长度和速度。而你对脑子里的念头常常毫无准备，也无法控制。结果她打了个薄球，很好的防守，她只要赢这一盘就赢了。

轮到我时，我想，输掉就输掉了，没关系。先是一个长颗星灌袋，九号球又是一个长颗星灌袋灌进，气势瞬间就上来了，后面没再给对手任何机会。

这样的比赛，最过瘾。

中间还有一个小插曲。比赛还没开始，我看两边有摄像机，一台放地上的，一台吊起来了。我仔细扫了一眼，边上没人，灯也没亮，咦，怎么摄像机没开呢？我最近状态这么好！

算了吧，没开就没开，先打。等到落后的时候，我心想，幸好没开。后面，我追上来了，成功逆转，我又心存侥幸，要是开了就好了。最后一问，摄像机果然没开。

后面两场，我想不管摄像机了，一心打自己的球。球都非常难打，但是我的状态非常好。当然，不出意外，人总是一直在进步的，我现在的球肯定比两年前的球要好，两年前也肯定比最开始的时候要好。但冠中冠比赛中发挥出来的水准和心理状态，是我目前

打过的所有比赛中发挥最好的。

接下来，去菲律宾的比赛是逆转，跟奥沙利文的比赛也是逆转，贺岁杯跟金佳映的比赛还是逆转，各种逆转扑面而来。

我对自己的理解是属于慢热型，跟人相处也好，打球也好，都是慢慢热起来。特别是打球，我必须一下场就抢占先机，一鼓作气一直赢，才不会有逆转的情况。如果一开始我被对手压制住，打

到后面，我会慢慢自我调整，慢慢逆转，越来越强。

我跟金佳映那场比赛，就完全是这样。刚开始打的时候，我觉得最近一直都在逆转，这次调整下，要抢先机。九球的偶然性太大了，有很多运气的成分。我先开球，开完球之后，白球被其他球敲进，洗袋，变成金佳映叮叮当当打光。第二盘，她开球，又叮叮当当打光，比分变成 2 比 0。

我再去打的时候，就被压制住了，特别被动。对方的气势一上来，信心也跟着上来，我就变成一上场什么都还没做，也没犯什么错误，只是运气欠缺，就不断落后。

其实，每一场比赛都险象环生，每一杆都有不确定性，当我握紧球杆站在球台边想怎么调整、怎么逆转的时候，每一次都是很大的挑战。

训练重要，比赛重要，机会重要，挑战更重要。跟金佳映的比赛最后突然逆转，跟奥沙利文的比赛在决胜盘出现大摸，自己开盘自己打光，我都感受到了自己真真实实的改变。如果我还是以前的心态，想东想西，思前顾后，想赢怕输，肯定逆转不了。经过这两年的比赛，特别是 2013 年，在陷下去又爬上来的过程中，我在心态上有了更大的调整和变化。

青春不仅在于容颜，也在于心态。因为年轻，心态尚有韧性，尚有空间。在内心的方寸之间寻找海阔天空的自由，在光阴的分秒之间感知天长地久的存在，是每个人一生的追求。

不

今年春天，因为参加央视一个活动，我有机会第一次学习骑马。

在此之前，我觉得我特别喜欢小动物，马看起来又这么温顺，应该没问题。可是第一次走近马时，还是有点心虚，因为它实在太大了，尤其是那张脸。它的鼻子里不时发出像打喷嚏一样的声音，让我不知道怎么去靠近它。而且大家都在提醒我，千万别走到马的屁股后面，它会因为没有安全感而乱踢。

这些马都是受过专业训练的赛马，个头特别高，比我之前见过的高多了。看到特别高大的动物，我会容易犯怵，大约这也是恐"高"症。

第一个环节是选马。在这批马里，有四匹普通的马、两匹新到的烈马。本来以为我们不会有那么好的运气，结果我

跟另一个选手一人牵了一匹烈马出来了。为了安全考虑，还是放弃烈马，重新选，我才选到了我的这匹马。

训练的第一天上午，它的脾气特别好，我觉得自己特别幸运，选到了一匹这么温顺的马。中午的时候，教练让我给它起一个名字，他们通常都是叫马的编号。我的这匹是"187"，它的鼻梁上有一个竖的白色的胎记，不是很直，有点向左歪，像闪电，我说叫闪电好了。

没想到，叫了闪电之后，下午它就完全不同了，理都不理我。上午随便我怎么摸怎么骑，都很顺从，下午训练就是不听话。有一个环节是脱缰后去抓马，并把马引入指定区域。我正准备去把它抓过来的时候，另一匹马突然发疯了，从一米多高的围栏跳过来，两匹马顿时打在一起。我当时都吓坏了，躲在围栏外面。最后还是教练让它们平静下来。

还好我聪明，果断地把它的名字改成小白，不能再叫闪电了。真的好神奇，改了名字之后，它变得非常乖。

第二天早上的任务是去马房把自己的马找出来。马房里有几十匹马，很多马长得很像，工作人员还有意把长得像的马放在一起，让我们找。我一眼就认出了我的小白。

我从很多马的边上走过去，那些马一看就知道不是小白，它们看到我也没反应。当我走近小白，我说："这是我的小白。"小白竟然也走过来，把脸靠在马房边上，我摸着它的脸和鼻子，问："你是不是认出我了？你是我的小白，对不对？"它居然点头了。

我被惊到了，旁边的人也说，不会吧，真的点头了，好神奇啊。

一开始训练的时候，马基本上都是溜达的，因为我完全掌握不到骑马的技巧。教练让我在马慢跑的过程中，练习起坐。起坐的时候，脚要踩在脚蹬三分之一的地方，不能太用力，小腿夹紧马，人跟着马跑起来的节奏，起来、坐下，但做起来太难掌握。起来的时候，

人总是往前栽，而身体不能往前倾，要坐直，坐直了人又往后倒，缰绳还不能拎得太高，太高马会停下来。

直到最后一天比赛，早上带马去热身，看到另外一个骑手骑着马过来，教练说你看人家是怎么骑的。我就仔细观察人家怎么骑，他骑得好轻松，马也很轻松，因为人跟马是有默契的。我回想我骑马的过程，马肯定也不舒服，因为一个 90 斤的人一直在它背上乱动。我边看骑手的动作，边模仿，突然就找到了感觉，原来

真的可以很轻松。

不过骑马真的是蛮累的，第一天从马背上
下来，我连路都不会走了，两腿一直发飘，
快骑成Q型腿了，脚也磨破了好几个地方。
晚上我回到酒店停下来，捧着疼痛的双脚
时，却觉得很新鲜、很放松、很美好，就
像徒步旅行了很远的地方之后。

台球是一项安静的运动，你要把自己放在
一片安静的海洋里，完全靠自己去浮沉。
骑马则不同，因为马有生命、有脾气，也
有身体舒服或不舒服、心情好或不好的时
候，骑马要更注重人与马的交流、人与马
的感情培养。

当我跨上马背的时候，我想我看到了一片
不同的风景。

你需要给自己一点不同，给自己一点不可
能，给自己一点不愿意。给自己一点不，
你才能看到人生之外的人生，世界之外的
世界，自己之外的自己。

你是唯一的自己

因个人兴趣和参加活动的需要，在 2008 年微接触赛车之后，今年我再次走进赛车场，开始接受专业的赛车训练。

2008 年那次比赛，时间太仓促了。上午听了半小时旗语、走线等理论知识，下午用半小时学习头盔、座椅、安全带等装备的使用，就匆忙上赛道了。而我又很长时间没有开手动档车，加减档很不熟练，更别说做圈速了。那次比赛，几乎是手忙脚乱应付下来的，基本上没学到什么，对赛车也没产生多大的兴趣。像很多明星赛一样，结束了就淡忘了。

今年三月底，在新生代车手邓晓文教练的指导下，我在北京集中学习了三天赛车。从刹车、加油、转向、走线这些基本理论开始，到后来的刹车点、入弯点、弯心、出弯点，我一点一点地领悟。虽然平常我喜欢开车，车感还不错，对车的性能还算比较了解。但真正开始专业训练，跟我想

的还是有非常大的差别。开赛车与驾驶民用车相比，简直是一种颠覆！

第一天训练，上午学理论。黑板上画了很多弯道，教练让我用自己的理解来画我要在什么时候踩刹车，什么时候入弯，什么时候切弯心，组合弯怎么取舍，放弃哪个弯道，选择切哪个弯心，出弯时如何走线，如何把赛道用尽……我对赛车的认识，逐渐清晰起来。

通过理论学习，我开始体会到赛车和台球的不同之处——无论是时间、距离还是力道，赛车的要求要更加精准。如果车手对刹车点、制动距离和方向控制得精准，出弯时切弯心和走线就会更完美。一条赛道几十个弯道，假如每一个弯道都快别人零点零几秒，一圈下来才可能比别人快几秒。一场比赛要跑十几或几十圈赛道，整场比赛下来才可能比别人快上一分钟。

中午吃饭前，晓文教练带我徒步走过赛道。一边走一边讲，一圈赛道走下来，我对于赛道和赛车又有了更深的认识。

下午终于开始上车练习，我刚跑了一圈就被教练叫回来了。我纳闷，还没热胎，怎么就回来。教练告诉我原因，你现在还不会踩刹车。我更纳闷，刹车谁不会啊，往下踩就是嘛！

一直以来，我觉得自己很有做司机的潜质，刹车时特别在意坐车人的感受。我爸开车刹车有时会让人不舒服，坐车的人容易晕车，尤其是在堵车的情况下。我自己开车，踩刹车会比较柔，油门也慢慢起步，尽量让身边人感受不到启动和刹车的感觉，因此经常有人夸我技术好。

但赛车完全不一样。一个下午教练一直让我练习油门一脚踩到底、重刹一脚刹到死。我每次都踩得太软了，一开始练手动档车，根本没办法掌握。因为赛车没有 ABS（防抱死制动系统），教练就教我练人工 ABS（防抱死制动系统），动作要领是快速连续踩刹车，让轮胎进入抱死与不抱死之间，从而大幅度缩短制动距离。我只能从脚感和车身制动效果去体会这种很遥远的准度，好难掌握啊！

不破不立，要掌握专业的赛车技术，就必须舍得转变已有的驾驶习惯。第一天的训练，让我很晕很挫败。平时觉得很简单的刹车和加油，开始变得非常难，尤其对我这样刚开始系统接触赛车的准车手而言。整整一个下午，不断重复练习刹车和加油。一直练到暴油门和踩刹车快成习惯了，才算勉强过关。教练鼓励我，学会控制刹车和踩油门是赛车最基本的技巧，也是很重要的基础。看一个司机是否学过赛车驾驶，起步或刹车的一秒钟即见分晓。

虽然赛车听起来很危险，安全性还是很高的，只要严格遵照赛车安全规则驾驶，比想象的要安全。最初学赛车时，我也是有点怕怕的。专业的赛车驾驶培训，正是教我们如何更安全地驾驶车辆。只要系好六点式安全带，把自己牢牢捆在赛车座椅上，便能在遭遇碰撞时避免身体受伤。调整好后座椅，戴好头盔和汉斯，系紧安全带，即使车辆失控翻滚或碰撞，车内人员也安然无恙。

北京锐思的赛车训练场柏油路很好，但比较窄，大直道也偏短。比起上海国际赛车场的国际赛道，车速并不是非常快。即便如此，由于我刹车点、力度不到位，加减档不够及时，导致入弯速度过快，出弯时总是甩来甩去，不但损失了时间，而且容易出状况。

第二天练车，我在赛道里撞了两次车。第一次出弯速度太快，撞飞了出弯点的十条轮胎。第二次撞车更严重。第一圈我跑了1分11秒多，超越了之前的纪录，很激动很开心。第二圈比上一圈还要紧张，一心想突破1分11秒。冲线之前，是一个全油的高速弯，之后接左二切弯冲刺。我出弯时，切弯心不够狠，车速又非常快，方向盘有些晃动。教练想让我更稳定地控制方向，帮我握了一下方向盘。那一瞬间，我没理解他的意思，以为他让我驶出赛道，因为前面在摇方格旗。我快速把方向往右打，要硬冲出赛道。这时候是很危险的，只是我没有经验，不懂。教练一看，方向怎么突然打这么大，太危险了，又出手往左猛打，但已经来不及了。车子右前方撞上轮胎墙，接着向左横着扫出去，三十几条轮胎搭建的轮胎墙被扫平了大半。最后车在距离水泥墙一米多远的地方停了下来，尘土漫天。

我第一反应是教练没事吧？因为教练在右边，离轮胎墙比我近。我们两个人不约而同对视一眼，他说你怎么回事？我说你不是让我出去吗？说完两个人都笑了。

然后就见呼啦啦一群人跑过来，都吓到了，很多人知道是我在开车。我听见有人在喊："潘晓婷开的车，潘晓婷的车撞了！"不过当时我并不觉得害怕，我和教练都很安全，只是有点心疼车而已。因为我的颈椎不好，练车时非常害怕受伤，但那次撞车却一点问题都没有。我下来后，继续跟朋友聊天喝茶，丝毫没有受到影响。

赛车非常讲究对车辆重心的把握，打方向、刹车、减档、加油、加档，车的重心都会瞬间转移。这一点跟台球非常相似，让我有似曾相识的感觉。但赛车还讲究速度和时间，是需要很强爆发力的运动，有点像短跑、速滑或游泳，这些对时间有要求的运动，应该跟开赛车很相通。

台球在时间上相对松散一点，讲究的是精准度，九球尽管有时间要求，但时间不会成为比赛的障碍，总是游刃有余，完全没有开赛车的紧迫感。我对时间的概念一向没这么敏感，不需要精细到零点几秒。赛车训练和比赛，往往要精细到零点零几秒、零点几公分。

一开始我觉得特别不习惯，太赶时间了！在台球比赛中，我从来都很从容，享用自己的时间就好。面对赛车，我完全不能适应这么快的节奏。特别是起步那一瞬间，他们一说要计时了，我就慌了。不能抢一秒，也不能慢一秒，快了不可以，慢了会落下很多时间。

每次倒数发车时，我都特别紧张，怕一起步就比别人慢半秒。驾驶赛车的过程，注意力要高度集中，不能被任何事、任何念头干扰，零点几秒钟的短暂分神，会导致接下来几个弯道都不顺畅，从而丢掉整个比赛。

在节奏控制和精细程度上，赛车要超出台球很多。即便是在大直道上，刹车和加减档的最佳时机也稍纵即逝。给油、加档、刹车、减档，都要一气呵成，决不能有半点迟疑和顿挫。同时，左手还要控制好方向盘，以保证赛车精准地走线。出弯加速时，一定要在最短时间内把转速和车速拉到最高值，入弯减速时又要在最短距离内把赛车降到合适的速度。此外还要保持发动机相对高的转速，从而让赛车在出弯时拥有强劲的扭力，才能在出弯速度上赢过对手。无数次入弯出弯，每次组合动作完美做下来，才能不断提升自己的极限。

正如我的职业车手朋友所说：赛车，就是一种对车辆驾控极限的挑战，是一种在控车与失控之间寻找平衡点的艺术。

很勤奋很系统地练了几天赛车，我感觉自己提高得特别快，说明我的学习能力还是不错的，哈哈！这一点特别像我爸，对感兴趣的事物特别喜欢钻研。

其实，人生就是如此，将来是未知的，自己也是未知的。没有人比你自己更能了解自己，没有人比你自己更能给予自己，也没有人比你自己更能放弃自己。在坚持自己中不断改变自己，你才能成为唯一的自己。

秒秒
惊心

今年四月中旬的英菲尼迪活动，我要挑战 F1 四届总冠军车
手维特尔。同场竞技的，还有职业车手林志颖。这让我感
到了压力，也让我觉得很新鲜，很有挑战。我知道赛道是
他们的天下，我赢不了他们，但关键是成绩别落下太多。
毕竟我是职业运动员，如果差距太大，我肯定跳不过自己
心理这道坎。所以在比赛前，我告诉自己一定要用心学，
也检验一下我的运动天分。

从北京回到上海，临近英菲尼迪活动时，我又练了一天赛车。
或许，在内心里，我就是一个比较想挑战自己的人。

在马青骅的训练场，马青骅帮我重新巩固了赛车技术，他
教我用左脚踩刹车，用右脚踩油门。一般来说，脚下的动
作再快，从踩油门到刹车也需要零点几秒的时间，这个时
间实际上是你多余的损失。在赛车比赛中，零点零几秒都

非常关键。两只脚分开踩刹车和油门，突破了我的思维和习惯，这种改变也为我赢得了时间。

比赛前几天，我到活动场地提前适应了一次，开了五圈。算上这天，我一共只练了五天赛车。英菲尼迪活动现场，因为时间很紧，主持人张斌老师理解错了，以为我在这个赛道练了五天。事实上从北京到上海我一共只练了五天，在这个赛道上我只练了五圈。

活动主办方负责人知道我学车才四五天，也没指望我能有多好的成绩，还怕我太拼，万一滑出去了，活动会比较尴尬。所以他们没对我抱什么希望，只要安全跑完赛道就好了。

敢·爱 行动

Q50

比赛那天，我一直纠结、忐忑、心里没底。因为汽车比赛不像台球比赛，我可以感知，可以掌控。就算下过雨，比较潮湿，我也知道下雨后的球台是什么样子的，而赛车比赛我没有任何感觉坐标。天气预报说会下雨，如果下雨，路面肯定会很湿滑，轮胎的抓地力会受很大影响。在入弯点之前更要提前刹车，如果进弯速度太快，车很可能会滑出去。如果滑出去，那就难堪了。比赛又是晚上，我练车都是白天，光线肯定不同，视线也一定会受影响，所以我很纠结。

早上起来，掀开窗帘，真下雨了，这下一整天都没有胃口了。我压力大的时候，就不想吃东西，每次一到大比赛就会自动瘦几斤。今年在上海交大上课，终于知道了原因。有一节课讲体育心理，原来在面对重压时，人会不自主产生一些本能的反应。比如临上场前会肠胃痉挛，或者想去洗手间，或者食欲不振，不想吃东西。又比如在场上有一个大的失误，大脑会出现瞬间的空白。我不知道在赛车场上，我会有什么不同的反应。

我虽是运动员出身，但对赛车而言，我是新的不能再新的新手了。我跟自己说，台球比赛我是怎么面对的、怎么打的，就怎么面对怎么比。一方面觉得自己是运动员，就算输也不会差很多，另一方面我告诉自己，一个女孩能参加这种挑战本身已经足够。

比赛之前我很紧张，晚饭都没吃，很早就过去彩排。因为我知道

其他人都是专业玩赛车的，他们有很多经验，不一定要去适应环境、场地。但是我不一样，我只能靠勤奋去缩小与他们的距离。

彩排时，其他车手都有人代替走位，我是自己去走位的。整个流程走完了，工作人员问："潘老师你要开吗？"我提前六个半小时到，为的就是蹭这一圈，当然要开！

回上海训练的那天，最后一圈的成绩是 1 分 11 秒 54，已经打破之前的纪录了。第一圈是 1 分 14 秒，紧接着是 1 分 13 秒、1 分12 秒、1 分 11 秒 54。看到一秒一秒的变化，我简直不敢相信我真能做到！

比赛前我蹭的这一圈跑下来后，一看成绩：1 分 10 秒 51！啊，又进步了一秒！我打台球从来没有过这种感觉。1 秒是什么概念？赛道上的 1 秒，是很多人半年都超越不了的瓶颈。

在台球比赛中，我一直属于慢热型选手，又属于比赛型选手，平常练球可能表现还算可以，一到比赛往往会有惊人的发挥。我在想，赛车我也是比赛型选手啊。我的赛车经纪人提醒我，你不要高兴得太早，晚上天黑之后，视线不一样，要是下雨，速度还会再慢，只要在 1 分 12 秒之内都是可以接受的。

我重新把自己的心态放到最低，给自己清零，让自己完全没有想法，进入比赛。我觉得如果有想法，可能拿不到最后这个成绩。在以往的比赛中，我一直害怕因为创造了一个新的纪录，下一次总特别想超越，并且在心理上把它定义成自己理所应当要超越的成绩。这样下去，可能会掉进心理陷阱里。

上场了，现场的裁判长问我："你有没有信心？"我说："大家都比我强，我是来学习的。"就像1998年参加全国比赛一样，我是来学习的。我没任何想法，能够学到东西，能够积累经验已经是赚到了。最后我的成绩是1分9秒45，再次刷新了自己的纪录，进入前三甲。当晚的比赛全部结束后，我的整个团队都很开心、很振奋。尤其是赛车经纪人，他第一时间跑过来告诉我："你知道吗，你比林志颖快了一秒半！"

看到自己的最终成绩，我突然觉得我对赛车也挺有天分的，貌似遗传了我爸的运动细胞，比如心态、勤奋、胆量。我从小就像男孩子一样，喜欢冒险，喜欢玩侦探游戏，温婉的外表下，是一个什么都不怕的我。

那天活动的现场表现，我自己非常满意，也得到了大家的认可。这让我非常开心，也坚定了继续接触赛车的想法。

这一秒已经过去，下一秒在等着我。赛车之路，我才刚刚开始。

青春里初见，
将来里回眸

2014 年，突然翻开了。

当阳光来临，当春风绕发，我知道，我正从昨天里走远，
从今天里走过。

青春，只给了我们初见的机会，这一切不会再来，不会再走，
不会再见。

但也不必心痛，因为还有无数的初见，无数的也许盛开在
将来里。

也许，我会突然撞见不靠谱却好玩的事儿，像我干弟弟梅逸
飞那样。

梅逸飞是我爸的学生，块头很大，但是心脏太小，一比赛
就容易头脑放空。有一次比赛，打的是一个远球，要下一

个很重的杆回来。球旁边有一个巧克，他瞄了瞄，拿起巧克擦了一下球，然后下定决心，准备出杆。突然一看不对，只听哐当一声，掉在球台上的竟然是一颗球。原来他刚拿在手上的那个不是巧克，而是球。他当时就傻了，裁判直接过来，判他犯规。

更奇葩的一回，他把九号球当成白球打进去了。当时，有白球、一号球、二号球，他需要打三颗星回来，这是个很难的杆法，要求准度。我们在打很难的杆法时，往往会给自己一定的心理暗示。他一边擦巧克，一边做心理暗示。啪的一下，巧克滑下来了，他赶紧去捡。球桌是圆弧的，他本身就胖，回来就有一点缺氧，想都没想就打了。三颗星回来了，他挺得意，瞄了一下旁边的观众。

可走过去一看，啊，怎么九号球在这里，白球还没动？原来九号球有半边是白的，白的半边刚好对着他，他眼前一花，当成白球打了，走位还走得非常漂亮。

还有一次，他跟一个同年龄段的选手打全国冠亚军比赛。

我干弟弟一直都是千年老二，从来没拿过冠军。每次打到冠亚赛的时候，比分一持平，就不会打了，自己先崩盘了。

那次，他先开球，直接洗袋，是一个自由球，很好打，但是有一个小集团球，要用白球把集团球撞开一点点。他拿着白球想放哪儿好呢？边想边比划着，是摆在这边，还是摆在那边？结果手一滑，球哐当一下，把集团球给砸开了，直接犯规，换对手上来打。

他当时肠子都悔青了，第一反应就是看我爸，我爸一扭头就走了。

本来我们都很期待，认为飞飞这次有突破了，决胜盘竟然有一个自由球可以打，但是真想不到会是这个结局。

明天将踏着明天而来，也许我会跋涉更远的地方，也许我会成为更好的自己，也许

我会走进不同的世界，也许我会遇见那一片更好的时光。

最念念不忘的，一定是与青春有关的日子。因为，青春决定了你的外貌、性格、情感、心态、潜力，决定了你将成为怎样的自己，也决定了这辈子你与爱和美好的距离。

青春里初见，将来里回眸，用心过，一切都是最好的安排，每一步都是好时光。

图书在版编目（CIP）数据

停在最好的时光里 / 潘晓婷著 . -- 北京：北京时代华文书局，2014.5
ISBN 978-7-80769-599-8

Ⅰ.①停… Ⅱ.①潘… Ⅲ.①散文集－中国－当代 Ⅳ.① I267

中国版本图书馆 CIP 数据核字 (2014) 第 079876 号

停 在 最 好 的 时 光 里

著　　者	潘晓婷
出 版 人	田海明　朱智润
总 策 划	韩　进　贾兴权
选题策划	杨迎会　许日春　袁思远
责任编辑	杨迎会　许日春　袁思远
责任校对	查　越
装帧设计	程　慧
责任印制	刘　银
营销推广	赵秀彦

出版发行	时代出版传媒股份有限公司 http://www.press-mart.com
	北京时代华文书局 http://www.bjsdsj.com.cn
	北京市东城区安定门外大街 136 号皇城国际大厦 A 座 8 楼
	邮编：100011　电话：010 - 64267120　64267397

印　　刷	北京顺诚彩色印刷有限公司　010 - 69499689
	（如发现印装质量问题，请与印刷厂联系调换）
开　　本	655×955mm　1/16
印　　张	16
字　　数	200 千字
版　　次	2014 年 9 月第 1 版　　2014 年 9 月第 1 次印刷
书　　号	ISBN 978-7-80769-599-8
定　　价	42.00 元